跨越时空，
只为与你相遇

林建法　艾明秋——主编

辽宁人民出版社

© 林建法　艾明秋　2023

图书在版编目（CIP）数据

跨越时空，只为与你相遇 / 林建法，艾明秋主编
. —沈阳：辽宁人民出版社，2023.1
（太阳鸟文学精选）
ISBN 978-7-205-10495-5

Ⅰ . ①跨… Ⅱ . ①林… ②艾… Ⅲ . ①散文集—中国
—当代Ⅳ . ① I267

中国版本图书馆 CIP 数据核字（2022）第 143567 号

出版发行：辽宁人民出版社
　　　　　地址：沈阳市和平区十一纬路 25 号　邮编：110003
　　　　　电话：024-23284191（发行部）　024-23284304（办公室）
　　　　　http：//www.lnpph.com.cn
印　　刷：北京长宁印刷有限公司天津分公司
幅面尺寸：145mm×210mm
印　　张：7.75
字　　数：125 千字
出版时间：2023 年 1 月第 1 版
印刷时间：2023 年 1 月第 1 次印刷
责任编辑：赵维宁　蔡　伟　段　琼
封面设计：琥珀视觉
版式设计：一诺设计
责任校对：郑　佳
书　　号：ISBN 978-7-205-10495-5
定　　价：48.00 元

CONTENTS

目录

01

孔子的最后时刻

◎李木生

齐鲁的旷野里，北风猎猎地吹着。

病了吗？脚步怎么会如此轻盈？踏在这片生于斯长于斯并将要没于斯的土地上，孔子的心里有了一种从未有过的踏实的感觉。

73 年的岁月，正踏出一条没有尽头的道路。他欣慰地看到，是他罄尽生命，在中国的大地上犁出了一片文化的沃野。孔子将了一下被北风吹得有些凌乱的胡子，将目光投向空旷的田野，也洒向自己曲折斗转的一生。

雪在翻飞。

孔子望着窗外混沌的世界，有一缕留恋的火苗在胸中蹿起。

他最是难舍自己的学生。

一个一个，几千个学生就在这雪的翻飞中挨个从自己的面前走过。

多想让他们停留一下，好再摸摸他们的脸他们的头他们的手。就是闭上眼，光凭手，也能摸出是颜回还是子贡。多想为他们掸去身上的雪，再为他们端上一碗开水，让他们捧着慢慢地喝，既暖手又暖身还暖心。但是得提前交代那个性急的子路，水烫，要慢慢地喝。不然，肯定会烫着他。多想听听他们读书的声音，那是比天籁、比韶乐都要美妙百倍的音乐啊，那是可以忘生忘死的声音啊！不管是滴水成冰的数九寒天，还是汗流浃背的三伏酷暑，一旦学习起来，大家总会忘掉了寒暑，出神入化于精神的妙境里。更想再与学生们来一番越磨越深、越磋越透的辩论，哪怕受更多的抢白、更多的质疑。那是心灵与心灵的碰撞，有照亮灵魂的火焰燃烧不息。颜回走过来了，我得告诉他，还是要好好保养一下身子。这不是樊须（即樊迟，姓樊名须字子迟，亦名迟）吗？不要走得这样匆忙吧，是不是还对于我骂你的"小人哉，樊须也"有所不满？那次你问种庄稼和种菜的事，我确实是不懂，当时也有些躁，话是说过头了。我现在想起来，学会种田与种菜有什么不好呢？我不是说过"知之为知之，不知为不知，是知也"的话吗？老师也有不知的事情，你问得好，你不想再问问别的什么吗？问吧，问吧，老师真想听你的提问呢！

可是，谁也没有停留，还是一个一个的，从孔子的面前走过，向前走去。

但是，在这雪落中华的时刻，无限留恋的孔子，从学生那浩浩荡荡的队伍里，听到了一个嘹亮的声音，在雪野中回响：仁者爱人，仁者爱人。老师笑了，这是樊迟的声音啊。老师继而哭了，笑着哭了，因为他听到了这整支队伍共同发出的生命的大合唱：仁者爱人，仁者爱人……

"德不孤，必有邻"（《论语·里仁》），有道德的君子从此再也不会孤单了，这一列学子的队伍，还会无限地延长、延长，壮大、壮大。

一种莫大的欢乐与幸福，就这样充盈于孔子苍茫的胸际。

不远的将来，又有一个叫孟子的君子大儒，还在感叹着孔子当年的欢乐与幸福。他告诉世人："得天下英才而育之，一乐也，而王天下不与焉。"这种欢乐与幸福，给个皇帝也不换！岂止不换，简直是不可同日而语的欢乐与幸福。

雪下着。孔子笑着哭了。

他知道母亲在等着他。

那个叫颜徵在的女性，注定要因为孔子而流芳永远。

母亲墓前的树已经长得又大又粗了，而母亲的容颜却越来越清晰如同就在眼前。虽然学无常师，但是母亲当然是自己的第一个老师了。母亲在困境中的从容与果敢，母亲对待生活的乐观与进取，还有母亲一视同仁地照顾抚养身有残疾的哥哥，以及母亲待人接物的得体与大气，都是那样潜移默化地教育着年幼的孔子。那座尼山和尼山上的那个山洞，好多年没有登临了吧？母亲生前可是常常会停下手中的针线活，朝着那个方向走神呢。

尤其是母亲的笑容，美，还带着一种莫名的宽容。身体病着，可是只要一看见儿子，笑容就会自然地浮现在脸上，是那样的温馨。流亡的 14 年里，母亲的笑容就常常地浮现在自己的眼前，从而给自己艰难的行旅增添力量。她曾为父亲献出过如花的青春，她更无言地为自己的儿子献出了整个生命。

如果没有年轻时做乘田、委吏的经历，怎会有后来"弃天下如敝屣"的胸怀与气度？

在孔子内心最柔软的地方，除了母亲，还有自己的妻子亓官氏。太苦了她了，在那14年里，她是怎样度过的"守寡"一样的时日呢？其中的艰辛当是一言难尽的。一丝愧疚就在心上浮起了，还有一声轻轻的叹息。

对了，还有那个南子。她也早已不在人世了。但是她的好心她的照抚虽然被世人，包括自己的学生所误解，但是孔子心里是有数的。一种感激总也在记忆的深处藏着。14年的流亡之旅，70多个国君与大夫，没有哪个能够真正理解孔子重用孔子，倒是这个担着好多"风言风语"的南子，对孔子有着真正的敬重。多少年了？也不用去计算了，但是那次相见却如昨天一样。还有她在帷幔后面的回拜，和回拜时所披戴的环佩玉器首饰发出的叮当撞击的清脆声响，都历历如新。如果母亲健在并且知道南子对自己儿子的好，肯定也会对南子有着好感与感激的吧？

雪一定会把母亲的墓盖得严严实实的。等着我，母亲，儿子就要来了。

黄昏。

点上那盏灯吧。多少个这样的黄昏与多少个夜晚，就是在这盏灯下，孔子让自己整个的身心，投入在这些文化典籍之中。投入其中，犹如鱼在海中鹰在云上。

双腿已经有些麻木与僵直了，只好斜靠在床头的墙上。把那断了牛皮绳子散落了的竹简重新穿好，再打上牢稳的结。手也不听使唤了，一个结就要打好久好久。但是孔子的头脑却空前的清楚，犹如雨后的春晨。

就是闭上眼睛，他也熟悉每一片竹简和竹简上的每一个字。有时，他会觉得，这些竹简比自己的儿子还亲。那些个权贵们是不把这些东西真当回事的，他们没有工夫去想它们的价值，当然更没有工夫去看上一眼。即使迫于应酬必须要学习，也总是在皮毛间打转，很少能从肌肤深入灵魂中了。

连睁开眼睛都觉得难了。干脆闭上眼，只用手轻轻柔柔地摩挲。

有风从窗子的缝隙中探进来，灯光好似春天的柳条般摇曳着。孔子的身影，也便在墙壁上荡来荡去，是那样庞大，又是那样坚定。

那只一条腿受伤的麟已经死去还是回归了山林？手中的这些

竹简，却是比麟更有生命力的生命啊！它们就如这盏灯吧，看似脆弱得很，轻轻的一口气就可以把它吹熄。但是，当它们已经刻在人们尤其是仁人的心上之后，那是再也熄灭不了的啦。人，人的情感与思想，还有烟雾缭绕的历史，都会因为它们而不朽，因为它们而再生。它们就是一盏盏的灯，再黑的夜、再长的夜，也能被它们照亮。一旦把心灵点着，就是点着了一颗颗星辰，那就更是黑夜与大风都无法扑灭的了。

后来有一个叫秦始皇的愚蠢的皇帝，以为把这些手持灯盏的知识分子和正在亮着的灯盏一起扑杀，他的皇帝位子就可以万岁了。但是历史早已证明，"焚书坑儒"只是宣告了一个专制王朝的短命，并将这个专制制度的罪孽永远地钉在了耻辱柱上。是孔子后人的一面小小的鲁壁，护下了这粒文化与文明的火种。那些统治者应当明白，多少知识分子，包括普通百姓的心灵，不都是一面永远站立的"鲁壁"？这是任何焚烧与虐杀都无法抹灭的。

也许孔子早已看见了这一切？摇曳的灯光里，有微笑正在孔子的胡须间游走。

这个冬日的黄昏听见，有苍凉的咏唱正从这栋屋子的门缝间逸出：天行健，君子以自强不息……

没有一点寒冷。

孔子真切地听见了雪花的脚步，那是尧的脚步舜的脚步禹的脚步周公的脚步吧？"有朋自远方来，不亦乐乎？"（《论语·学而》）知音的接踵而至，真是让孔子喜出望外了。

携手间，已经在飞了。

轻灵的魂魄，也如这纷扬的雪花，翔舞在天地之间。是飞舞在泰山的峰巅间吗？只有醒目的松柏，在这银白的世界里吐着勃郁的绿色。这当是泰山上的君子了，"岁寒，然后知松柏之后凋也"。（《论语·子罕》）

齐鲁莽莽，世界茫茫，壁立万仞的泰山也如这轻灵雪花，在宇宙间飞翔。

从来没有过的解放，从来也没有过的自由，就这样弥漫在孔子的生命中。每一片雪花都是一个音符，共同组成了无边无际、无上无下的和鸣。这是天上的音乐吗，可分明又是在人间，而自己的每个细胞，也都成为这个和鸣中一个不可分割的部分。

一种大安详、大欢乐降临了。

是寒冷的锐利刺痛了孔子？他从梦中醒来。

已经无力翻身了，他看到有银色的东西正侵入到床头上。是雪吗？他艰难地微微侧过脸去。一种喜悦一下子就亮起在这深夜里：雪霁了，这是月亮的吻痕。

孔子没有担心，也没有疑惑。雪花，泰山，知音，他们存在过，就不会丢失。或者，这眼前的月光，就是梦中的雪花变的？

全身也许就只剩下心口窝处还有一点温热，他清醒地意识到死亡的来临。一辈子"不语怪、力、乱、神"（《论语·述而》）的孔子，就要直面死神了。

平静如水的孔子甚至有了一个大胆的念头，要用这心口窝处仅有的一点温热，去温暖那个被人误解的死神。

它是多么美好的一个精灵啊！是它给人以最终的休息与解脱，也是它给人以最终的平等与自由。这种自由，是自由得连躯壳都抛弃了的。

死亡也是这样的美丽。可以是一片树叶飘扬着从树上降下，也可以是一颗星辰燃烧着从天空陨落。可以是山溪渗入渴念的田野，也可以是黄河跳下万丈的壶口。但是它们，都带着生命的光芒，升华于安详而又欢乐的至境。

寒冷又在慢慢地离去，那颗臻于圆融的灵魂，轻柔得如天鹅的羽毛，飘逸着似天上的白云。

就这样，灵魂飞扬在漫天的月光里。

那就是自己常常驻足的泗水吧？它正在月光里粼粼着玉的光泽。是的，泗水在等着孔子，等得好久了。你从哪里来？又到哪里去？泗水笑了，无言地说着：我从来的地方来，我到去的地方去。孔子笑了，一河的月光泛着澄明也在笑呢。忍不住，孔子掬起一捧河水，啧啧地饮下。啊，连肺腑也被月光照彻了。

天与地，月与河，人与世界，植物与动物，灵与肉，生与死，过去与未来，全都处于一种无始无终、无边无际的和谐中。只是这种和谐不是静止，而是一切的生命都因为大自在大解放而处在欣欣向荣之中。

不是吗？瞧这条泗水，它不是日夜不息地在流吗？一切的生命，一切的时间，不是都如这泗水一样在日夜不息、一去不回地流淌向前的吗？

死亡也是一种流淌啊。

随心所欲、自在安详已经好久了。但是今夜，生命却新生出一种从来也没有过的欢乐与美妙。

好吧，那我就走了。

公元前 479 年（鲁哀公十六年）夏历二月十一日，73 岁的孔子死了。

孔子死了吗？他的生命正化作一条船，载着满船的明月，与泗水一起，正驶向烟波渺沔的远方。

"逝者如斯夫，不舍昼夜。逝者如斯夫，不舍昼夜……"

（原载《书屋》2013 年第 3 期）

02

与庄子游心

◎姜建强

一

庄子呀，你在《逍遥游》里极力赞美北海的一条鱼——鲲。说它硕大无比，不知有几千里。这个巨鲲化为鸟，就叫鹏。更是惊人的大，其背就不知有几千里。然后你妙笔生花，说大鹏背负晴天，一个展翅就是九万里。你见过大鹏了吗？应该没有。因为它是观念之物。但你不乏想象力。真的很出色。表现了你大气大美的一面。

但是你写大，就必须击小；你写高，就必须毁矮；你写厚，就必须非薄。这是你的思路。当然也是你的亮点。所以，你嘲笑"朝菌不知晦朔，蟪蛄不知春秋"。问题就在这里。就拿夏蝉来说，它体形区区，且夏生秋死，确实不知一年的光景为何概念。但它的可爱之处是一个夏天鼓足了劲儿，拼命地在林子里嘶叫，为我们带来了些许野趣，清凉和宁静。它自己栖于高枝，风餐露宿。产下后代后，一周便死去，丝毫不恋生。所以在你死后的一千多年后，有一位大诗人叫白居易，他写诗赞叹道：蝉发一声时，槐花带两枝。可见，这个幼小，这个短命，这个稚嫩，难道就没有意义吗？是什么遮住了你的视野，使你看不到小的就是美的呢？

其实你也看出了大有大的问题。夏蝉和斑鸠就曾讥笑大鹏说：我们一下子就可飞起来，碰到榆树之类的小树就停落在上面，有时飞不上去就落在地上，何必非要高飞九万里去南海呢？但是你就是不承认，最后还是讥讽这两种虫鸟，说它们怎么会知道小与大是有区别的这个道理。真不知何故？

你常说不能和井底之蛙谈广袤，不能和夏虫说冬雪。但是广袤也不知井底之蛙所看到的那块天的诗意呀；冬雪也不知夏虫在骄阳里所感受到的火辣呀。

二

庄子呀，你的有些行为真可谓惊世骇俗。

不认识的人死了，你还勉强可以这样做。亲戚朋友死了，你铁石心肠的话也可这样做。但对一个与你朝夕相处的妻子之死，还"鼓盆而歌"，只能晕倒一片。我们现代社会流行一句顺口溜，难道在你那个时代也适用？已婚男人有三盼：升官发财死老婆。

可不，晕倒的不仅是我，还有你的好友惠子。惠子充满疑惑地问："你的妻子和你生活了一辈子，为你生儿育女，现在老了，死了，你没有悲伤哭泣也就算了，竟然还敲着瓦盆唱歌，这不是太过分了吗？"

你糊来糊去地答道："不是这样的。我何尝不伤悲呢？只是后来想一想，人本来是没有生命的。不但没有生命，连形体都没有。不但没有形体，甚至连气息都没有。但是在似有若无的变化当中，忽然有了气息。气息变化而有形体，形体再变化才有了生命。现在我的妻子又变化成死亡，这就像四季运行一样的自然。她如今安息在自然的这个大环境之中，如果我还为此悲伤痛哭，岂不是太不通达命理了吗？所以我才不哭的啊。"

当然，这是你的生死观。生就是死，死就是生。生生死死，万物流转。从大的方面说你是机智的。但问题是你把妻子对你的感情和你对妻子的感情，放在这冰冷的概念里游玩，这就令人困惑了。生就是死，死就是生。那到底是生还是死？是死还是生？不间断的无数个瞬间组成的生，那么这个生应该是实在的呀。光看到生死的瞬间转换，看不到在转换中的无数个瞬间组合的生，那人的生究竟还应该庆贺不？那人的生究竟还有意义吗？在这点上，人家那位法国哲学家萨特，说得就比你中听：因为你活着，故你必须对自己的活着负责。这位法国人把人的偶然之生，视为一种责任。虽有沉重之感，但是为了更好地活着。还有那位诗人歌德说得更鲜活：一切理论都是灰色的，生命之树常青。这才是对人的个体生命的一种关怀，对人的至高的感性存在物的高扬，对人的生活的一种首肯。所以，思之死总是伴随着生之思。对死的领悟意味着生的澄明。

而你总是把人的鲜活放置在冰冷的概念和逻辑之中冷冻，总是强调"死生命也"，把生的动机警惕地看成是"劳我以生"（让我劳累）。这样活着不是更累更胆战心惊吗？何以逍遥？何以自在？所以，你才有"鼓盆而歌"的冲动。因为死反倒将累人的生给解脱了，所以值得庆贺值得狂欢。

但是，与你同时代的一位智者——荀子，他这样说："生则天下歌，死则四海哭。"看，人的生死，就被他很轻巧、很智慧地转换成了歌与哭。这就很安详。没有概念的怪异和过剩的逻辑。所以，如果说清明是春祭，中元是夏祭，寒衣是秋祭，大年是冬祭的话，那一切祭的背面暗藏着的就是歌与哭的玄机。为生而放歌，为死而哭泣。

我记得你在死前对你的弟子们说过：我死了以后，"以天地为棺椁，以日月为连璧，星辰为珠玑，万物为赍送"。意思是说，不要棺材，不要厚葬，直接把我扔进旷野，来个天葬，回归自然。这里的关键是回归自然。所谓回归自然不就是想再生一次吗？说明你还是在乎还是留恋生的。因为对人来说，毕竟只有生，才是最实实在在的。不管是智者还是愚者。

闻一多说你是一种"神圣的客愁"。还真是一语中的。

三

　　庄子呀，你做梦不要紧，但为什么偏偏梦见蝴蝶呢？梦见蝴蝶也就算了，但为什么还要议论一番呢？因为你这个一不小心的议论，用去了你的后代们多少脑浆和笔墨不说，还把原本清晰的问题越搞越糊涂了：究竟谁是蝴蝶？庄周是谁？

　　你做了一个梦。在梦中你变成了一只蝴蝶。一只翩翩飞舞、自由自在的蝴蝶。但一觉醒来，发现自己还躺在床上，庄周还是原来的庄周，并不是梦中那只有色彩、栩栩然的蝴蝶。于是，你发出迷惑的感慨："不知周之梦为胡蝶与，胡蝶之梦为周与？"是庄周梦见自己成了蝴蝶，还是蝴蝶梦见自己成了庄周呢？

　　这里，你一不小心提出了"两个世界"的理论。一个是真实的世界，一个是梦幻的世界。在真实的世界里，你是会思考的庄周，蝴蝶是会飞舞的蝴蝶；在梦幻的世界里，你是飞舞的蝴蝶，蝴蝶是会思考的庄周。把两个世界还原成一个，庄周即是蝴蝶，蝴蝶即是庄周。你说这就是"物化之境"。

　　本来，问题到这里也就结束了。

但是在一个星期天的中午，我去公园，看见一对花蝴蝶在我的身边飞舞。我一下想起了你的"庄周梦蝶"的得意之作。我特地揉了揉自己的眼睛，触摸了一下自己的肌肤。有疼痛的感觉，表明我醒着，没有做梦。没有做梦，为什么也能看到蝴蝶？是我现实中的蝴蝶真实，还是你梦幻中的蝴蝶真实？如果梦幻是真实的，人是不是知道自己在做梦？如果现实是真实的，人又为什么不能把握自己？如，我要抓住眼前的花蝴蝶，怎么抓就是抓不住？这是为什么？

说梦只能在醒着的时候，就像论死只能在生的时候一样。说我做了一个梦，这在语法上是过去式。说我做梦，这在语法上是现在式。把现在式混同于过去式，用过去式模糊现在式，是不是就是你"庄周梦蝶"的问题所在？

梦和现实不是同一物。那么界定梦和现实的区别又有何意？

做梦的时候与从梦中醒来的时候，这是两个不同的"时候"。但是显然你没有意识到需要区分这两个"时候"。于是出现了这样的问题：当我们指向经验的庄周和蝴蝶时，我们就说庄周和蝴蝶都是现实之物；而当我们指向梦中的庄周和蝴蝶时，我们就说这是虚构的，非现实的。

但是虚幻的梦境总是短暂的，易失的，靠不住的。梦醒之后人们必然还会陷入现世的生活烦恼之中。所谓好花不常开，好景不常在，就是梦幻的现象学意象。美梦醒来总是早晨。背包出门，又要面对无聊、无奈、无果的现实。于是总想美梦不醒。于是有了"梁祝化蝶"的美丽故事。在永远不醒的梦幻中，喜结良缘，共度美好时光。一旦醒来说梦，就不是梦了。梦必定是在长睡不醒中才是现实。

人生如梦。说这话的人是醒着还是睡着？你说是睡着。我说是醒着。

本来庄周是庄周，蝴蝶是蝴蝶，梦是梦。是你别出心裁，发明了用梦这个体裁把二者化一。这样做的后果就是梦不能承受之重了。于是后人忙着为梦做各种解析，为梦做各种还原的实验。一个目的就是想把梦搞清楚。

其实，梦之所以是梦，就在于它的不可究诘的神秘性。

如果用庖丁解牛的刀，把神秘的梦境剔除得干干净净，甚至可以人为地编排或重复梦境，唐代的杜牧还能写出"十年一觉扬州梦，赢得青楼薄幸名"的名句吗？南宋的汪元量还能有"蝴蝶梦中千种恨，杜鹃声里三更月"的意象吗？

四

庄子呀，你有一个特点，就是爱到处发议论，滔滔不绝。套用今天的话来说就是辩证法。但你可能不知道，辩证法在哲学大家尼采眼里，只是一种复仇的方式而已。但是这一回，你一反常态，来了个日本式的暧昧。

这一天，你行走于山中，看见一棵大树枝叶茂盛。但伐木人站在树旁不去砍伐。问他们为什么不砍伐？他们说是"枝叶太盛，难以派用"。于是你借题发挥，对弟子说："这棵树就是因为不成材而能够终享天年啊！"

走出山来，你留宿在朋友家中。朋友高兴，叫童仆宰鹅款待。童仆问主人："一只能叫，一只不能叫，请问杀哪一只呢？"主人说："杀那只不能叫的。"

第二天，弟子问庄子："昨日遇见山中大树，因无用而能终享天年，如今主人的鹅，因无用而被杀掉，先生你怎样看待呢？"

你笑道："周将处乎材与不材之间。"也就是说，我就站在有用无用之间吧。

这里，你遇到的一个难题是：大树长成了废材，因为无用却保全了自己；而鹅不能鸣，因为无用被杀。由物及人，是做一个有用之人好呢，还是做一个废材庸人好呢？

你给了个脚踩西瓜皮，滑到哪里是哪里的答案——见机行事。

说白了，就是告诉人们该逞英雄时别装孙子，该装孙子时别逞英雄。答案虽带有中庸色彩，但操作起来难度很大。虽然逞英雄和装孙子都不难，问题在于前提的确定比较困难。也就是说时机难以把握。什么时候该逞英雄，什么时候该装孙子，有时还真的难以判断。如果审时度势稍有偏差，需要逞英雄的时候装了孙子，需要装孙子的时候却逞了英雄，那就死定了。

所以，从禅的意义上说，蚌之所以含明月，兔子之所以怀胎，全在于一个"机"字。庄子呵，依你的滔滔不绝，能回答何为"机"吗？

五

庄子呀，你还和你的弟子们继续谈论有用无用的话题。

其实，万物皆有用，不等于万人皆用同一物。这个道理并不深奥。连惠子都能将它形象化：用大葫芦来盛水，它的坚固程度不能胜任。把它剖开来做瓢，可瓢又太大，无地自容。它可谓大矣，就是大而无用。于是我就把它打碎扔掉了。

面对惠子形象化的责难，你反攻道：现在你有五石容量的葫芦，你反而愁它无用，你为什么不系着它当腰舟（类似救生圈），浮游于江湖之上？

惠子不以为然地笑而不答。

其实，蚌含明月成珠也好，兔望明月成胎也好，全在于自己的需要对事物做出有用无用的判断。智慧是从万物见万物。你的《庄子》一书，对思想的研究者来说是个至宝。但对一个日出而作、日落而息的老农来说，连垫脚都不需要。你再强调"无用之用，乃为大用"都没用。因为他这辈子不需要《庄子》为他种地。

这里，你讲物用的无限性，惠子讲物用的有限性。

从物的无限性来看，万物皆备于我，故万物皆有用。不是不用，是时候未到。但同时我也被万物吞没了。什么东西都往家里放，说不定哪天能用上，家里岂不成了垃圾库？况且人寿有限，生不带来，死不带去，将来性又有何意？有备无患又有何用？

从物的有限性来看，物的最大效用就是为当下服务。当下的我需要什么，我就视这个物为有用。我是万物的主宰者。因此，硕大的葫芦对我盛水没用，对我洗澡擦身没用，我就扔掉。千年大树对我也没用。我只需要碗口粗的木桩做栋梁，我只需要手臂粗的木条拴猴子。于是我砍伐了它们，因为它们对我有用。

天生我材必有用。这话固然不错。但很容易把人悬在半空中，以为好高骛远就是"大用"，安分当下（如做好本职工作）就是"无用"。相对论中有句话：光在大质量客体处弯曲。有人从中体验到了诗意。庄子你说，这究竟是有用还是无用呢？

六

庄子呀，你在《秋水篇》里有一段流传千古的"濠上之辩"。

人们都说你逻辑缜密，击败了你的好友惠子。但我阅读再三，觉得你一个恍惚，输掉了好棋。

现在让我们还原当时的情形。

庄子和惠子二人在濠水岸边游玩。

庄子看着水中游动的鱼儿说："这些鱼儿多么快乐啊！"

惠子说："你不是鱼，怎么知道鱼的快乐？"

庄子说："你不是我，怎么知道我不知道鱼的快乐？"

惠子说："我不是你，所以不知道你怎么知道鱼的快乐；你也不是鱼，所以你因此也不知道鱼的快乐，这就相通了。"

庄子说："还是回到开头的话题。你说：你怎么知道鱼的快乐？说明你是知道我知道鱼的快乐才会问我的，我就是在濠河上知道的。"

初看这段攻防，庄子呵，好像还是你厉害。你用"子非我，安知我不知鱼之乐"的反问，把惠子带进一个逻辑陷阱，想搅乱他的思考程序。如果惠子这样回答："对。你问得对。我确实不知道你的鱼之乐究竟来自何处，"他就中了你的圈套了，交锋就以惠子的完败而结束。但是，惠子不愧是诡辩的名家。他思路一转，率先发出一句结论性的话语："我非子，固不知子矣。子固非鱼也，子之不知鱼之乐，全矣。"这里，惠子智慧地抓住"我不是你"和"你不是鱼"，完整地推论出"我也不知"和"你也不知"的结论。

这时的庄子应该是无语了。但是你突然冒出一句大实话：说我就是在濠河上知道鱼儿快乐的。如果单纯就逻辑层面来看，这么一句没有来由的话，是牵强附会的结果，更是理屈词穷的表现。你们二人的濠上之辩，最后站在逻辑制高点上的应该是惠子。

本来，鱼怎么叫快乐？这在分析哲学看来是讲不通的。它只是一种审美的移情，心绪的表露而已。但提出的问题实在重大：逻辑推理与直观移情，究竟谁更靠谱？

惠子也正是从这里出发，觉得人不可能感知鱼是否快乐，同时也不能将自己的快乐移情至他物之中。而庄子则以自己对他物的理解而推至对他物的感受。他自己高兴，就将自己的高兴之情传递至水中鱼，审美地认为鱼也是快乐的。这样来看，惠子是哲学的，庄子是美学的。哲学是老人痴呆，需要认知，诗情泛滥是大忌。美学是少女怀春，需要幻觉，诗意盎然是本真。从这一意义上说，这场诡辩的世纪盛宴，给我们视觉感官的刺激就是狐狸多机巧，刺猬仅一招。现在看来真正诡辩的还是庄子。因为所谓移情的一个别名不就是强词夺理吗？

<h1 style="text-align:center">七</h1>

庄子呀，你把万事万物看透看绝看尽，得出的一个结果就是绝圣弃智，从而天下大治。你说，人吃牛羊猪肉，麋鹿吃青草，蜈蚣爱吃蛇，鸱鸟和乌鸦喜欢吃老鼠，这四者间究竟谁能认识什么是世界上最好的滋味呢（四者孰知正味）？你说：人生天地间，若白驹过隙，忽然而已。什么也抓不住，什么也靠不住。你说：人心险于山川，难于知天。你说：人睡在潮湿的地方就会得湿疾而死；人站在树上就会战栗害怕。人也太无用了。

现在看来，你的一个基本思路是：一旦感受到人的有限性，可以退守的唯一出路只能是绝圣弃智，一了百了。在有限的"我"与无限的"物"之间，你不太情愿调整自我以更新"我"的对象，而是宁可借助更为成熟的思辨手段，从"自我"退回到"虚无"，从而一次性地化解对象。不用说，在思辨的世界里，这几乎是完美的，也是最高的。

然而一旦抛弃对象，退到虚无，也就否定了理性的必要，后天作为的必要。因此从根本上也就断绝了改变外物的可能。这就是你——庄子的人生解脱。一劳永逸地化解束缚，化解问题本身。所以你和你的搭档老子是一个腔调：吾所以有大患者，为吾有身，及吾无身，吾有何患。

澡雪精神，剖智绝思；放下执着，不用心机；遣欲澄心，直到心无所心，形无所形，空无所空，寂无所寂。这就斩断了人智通过努力还能达到的有限度的知的可能。在绝圣弃智的面前，人只好放弃一切可能。西方人对造物主的崇拜，在东方很自然地转向了对神秘主体本身的崇拜。然而抽掉一个客体去营造一个无所不包的主体，反而使得有限的自我在无法认识无限的自然时，失去了弹性和依托。

我们知道，和尚爱画圆相，在于佛教。圆相原是代表涅槃的意思。而禅宗的圆相则是大自然的混沌自体。但是鱼鳖只要看见圆相的影子，把尾巴一掉游了过去。因为它知道没有好事情。这是否就是你——庄子，绝圣弃智的死穴？

（原载《书城》2013 年第 8 期）

03

永和九年的那场醉

◎祝勇

一

　　到故宫博物院故宫学研究所上班的第一天，郑欣淼先生的博士生徐婉玲说，正赶上午门上面正办"兰亭特展"，尽管我知道，午门城头，并没有王羲之的那份真迹，但这样的展览，得益于两岸故宫的合作，依然令人向往。那份真迹消失了，被1800多年的岁月隐匿起来，从此成了中国文人心头的一块病。我在展厅里看见的是后人的摹本，它们苦心孤诣地复原着它原初的形状。这些后人包括：虞世南、褚遂良、冯承素、米芾、陆继善、陈献章、赵孟頫、董其昌、八大山人、陈邦彦，甚至宋高宗赵构、清高宗乾隆……几乎书法史上所有重要的书法家都临摹过《兰亭序》。南宋赵孟坚，曾携带一本兰亭刻帖过河，不想舟翻落水，救起后自题："性命可轻，《兰亭》至宝。"这份摹本，也从此有了一个生动的名字——"落水《兰亭》"。王羲之不会想到，他的书法，居然发起了一场浩浩荡荡的临摹和刻拓运动，贯穿了东晋以后1800多年的漫长岁月。这些复制品，是治文人心病的药。

东晋永和九年的暮春三月初三，时任右将军、会稽内史的王羲之，伙同谢安、孙绰、支遁等朋友及弟子42人，在山阴兰亭举行了一次声势浩大的文人雅集，行"修禊"之礼，曲水流觞，饮酒赋诗。魏晋名士尚酒，史上有名，酒具也十分讲究，比如现存故宫博物院的青釉鸡头壶，就是一件东晋文物。鸡头壶始见于三国末期，历经魏晋南北朝，到唐代就消失了，被执壶取代。这件青釉鸡头壶，有鸡头状短流，圆腹平底，腹上壁有两桥形系，一弧形柄相接口沿和器身，便于提拿，通体青釉，点缀褐彩，有画龙点睛之妙。而南朝时期的青釉羽觞，正是曲水流觞中的那只"觞"，它的外形小巧可爱，像一只小船，敏捷灵动，我们可以想象它在水中随波逐流的轻巧婉转，以及饮酒人将它高高擎起，袍袖被风吹动的那副神韵。刘伶曾说："天生刘伶，以酒为名；一钦一斛，五斗解酲。"[①]阮籍饮酒，"蒸一肥豚，饮酒二斗"[②]。他们的酒量，都是以"斗"为单位的，那是豪饮，有点像后来水泊梁山上的人物，但曲水流觞，有这样小的酒杯，却是另一种的喝法，一种文雅中的放浪。那天，酒酣耳热之际，王羲之提起一支鼠须笔，在蚕茧纸上一气呵成，写下一篇《兰亭序》，作为他们宴乐诗文的序言。那时的王羲之不会想到，这份一蹴而就的手稿，以后能成为被代代中国人记诵的名篇，而且为以后的中国书法提供了一个至高无上的坐标，后世的所有书家，只有翻过临摹《兰亭序》这座高山，才可能成就己身的事业。王羲之酒醒，看见这幅《兰亭序》，有几分惊艳、几分得意，也有几分寂寞，因为在以后的日子里，他将这幅《兰亭序》反复重写了数十百遍，都达不到最初版本的水准，于是将这份原稿秘藏起来，成为家族

①②［南朝·宋］刘义庆：《世说新语》，中州古籍出版社2008年版，第334页。

的第一传家宝。

然而，在漫长的岁月中，一张纸究竟能走多远？一种说法是，《兰亭序》的真本传到王氏家族第七代孙智永的手上，由于智永无子，于是传给弟子辩才，后被唐太宗李世民派遣监察御史萧翼，以计策骗到手。还有一种说法：《兰亭序》的真本，以一种更加离奇的方式流传。唐太宗死后，它再度消失在历史的长夜里。后世的评论者说："《兰亭序》真迹如同天边绚丽的晚霞，在人间短暂现身，随即消没于长久的黑夜。虽然士大夫家刻一石让它化身千万，但是山阴真面却也永久成谜。"

二

现在回想起来，中国文化史上不知有多少名篇巨制，都是这样率性为之的，比如苏东坡、辛弃疾开创所谓的豪放词风，并非有意为之，不过逞心而歌而已，说白了，是玩儿出来的。我记得黄裳先生曾经回忆，1947 年时，他曾给沈从文寄去空白纸笺，请他写字，没想到这考究的纸笺竟令沈从文步履维艰，写出来的字如"墨冻蝇"，沈从文后来干脆又另写一幅寄给黄裳，写字笔是

"起码价钱小绿颖笔"，意思是最便宜的毛笔，纸也只是普通公文纸，在上面"胡画"，却"转有妩媚处"[①]。他还回忆，1975年前后，沈从文又寄来一张字，用的是明拓帖扉页的衬纸写的，笔也只是7分钱的"学生笔"，黄先生说他这幅字"旧时面目仍在，但平添了如许婉转的姿媚"[②]。所以黄裳先生也说："好文章、好诗……都是不经意作出来的。"[③]

文人最会玩儿的，首先推魏晋，其次是五代。两宋以后，文人渐渐变得认真起来，诗词文章，都作得规规矩矩，有"使命感"了。以今人比之，犹如莫言之《红高粱》，设若他先想到诺贝尔奖，鼓足干劲，力争上游，决心为国争光，那份汪洋恣肆、狂妄无忌，就断然做不出来了。

王羲之时代的文人原生态，尽载于《世说新语》。魏晋文人的好玩儿，从《世说新语》的字里行间透出来，所以我的博士导师刘梦溪先生说，他时常将《世说新语》放在枕畔，没事儿时翻开一读，常哑然失笑。比如写钟会，他刚写完一本书，名叫《四本论》——别弄错了，不是《资本论》——想让嵇康指点，就把

---

① 黄裳：《故人书简》，海豚出版社2012年版，第35页。
② 黄裳：《故人书简》，海豚出版社2012年版，第37页。
③ 黄裳：《故人书简》，海豚出版社2012年版，第35页。

书稿揣在怀里，由于心里紧张，不敢拿给嵇康看，就在门外远远地把书稿扔进去，然后撒腿就跑。再比如吕安去嵇康家里看望这位好友，正巧嵇康不在家，吕安在门上写了一个"凤"字就走了。嵇康回来，看到"凤"字，心里很得意，以为是吕安夸自己，没想到吕安是在挖苦他，"凤"的意思，是说他不过是一只"凡鸟"而已。曹雪芹在给王熙凤的判词中把"凤"字拆开，说"凡鸟偏从末世来"，不知是否受了《世说新语》的启发。

中国文化史上，正襟危坐的书多，像《世说新语》这样好玩儿的书，屈指可数。刘义庆寥寥数语，就把魏晋文人的形态活脱脱展现出来了。刘义庆是南朝宋武帝刘裕的侄子、长沙景王刘道怜的公子，是皇亲国戚、高干子弟，同时是骨灰级的文学爱好者，《宋书》说他"招聚文学之士，近远必至"。他爱玩儿，所以他的书，就专拣好玩儿的事儿写。

《世说新语》写王羲之，最著名的还是那个"东床快婿"的典故：东晋太尉郗鉴有个女儿，名叫郗璇，年方二八，正值豆蔻年华，郗鉴爱如掌上明珠，要为她寻觅一位如意郎君。郗鉴觉得丞相王导家子弟甚多，都是品学兼优的三好学生，于是希望能从中找到理想人选。

一天早朝后，郗鉴把自己的想法告诉了丞相王导。王导慨然说："那好啊，我家里子弟很多，就由你到家里挑选吧，凡你相中的，不管是谁，我都同意。"郗鉴就命管家，带上厚礼，来到王丞相的府邸。

王府的子弟听说郗太尉派人为自己的宝贝女儿挑选意中人，就个个精心打扮一番，"正襟危坐"起来，唯盼雀屏中选。只有一个年轻人，斜倚在东边床上，敞开衣襟，若无其事。这个人，正是王羲之。

王羲之是王导的侄子，他的两位伯父王导、王敦，分别为东晋宰相和镇东大将军，一文一武，共为东晋的开国功臣，而王羲之的父亲王旷，更是司马睿过江称晋王首创其议的人物，其家族势力的强大，由此可见。"旧时王谢堂前燕，飞入寻常百姓家"，循着唐代刘禹锡这首《乌衣巷》，我们轻而易举地找到了王导的地址——诗中的"王谢"，分别指东晋开国元勋王导和指挥淝水之战的谢安，他们的家，都在秦淮河南岸的乌衣巷。乌衣巷鼎盛繁华，是东晋豪门大族的高档住宅区。朱雀桥上曾有一座装饰着两只铜雀的重楼，就是谢安所建。

相亲那一天，王羲之看见了一座古碑，被它深深吸引住了。

那是蔡邕的古碑。蔡邕是东汉著名学者、书法家、蔡文姬的父亲，汉献帝时曾拜左中郎将，故后人也称他"蔡中郎"。他的字，"骨气洞达，爽爽有神力"，被认为是"受于神人"，让王羲之痴迷不已。那天他在碑前站了很久，才想起伯父王导是要他来相亲的，不得已，匆匆赶往乌衣巷里的相府，到时，已经浑身汗透，就索性脱去外衣，袒胸露腹，偎在东床上，一边饮茶，一边想那古碑。郗府管家见他出神的样子，不知所措。他们的目光对视了一下，谁也不知道对方在想什么。

管家回到郗府，对郗太尉作了如实的汇报："王府的年轻公子二十余人，听说郗府觅婿，都争先恐后，唯有东床上有位公子，袒腹躺着，一副漫不经心的样子。"管家以为第一轮遭到淘汰的就是这个不拘小节的年轻人，没想到郗鉴选中的人偏偏是王羲之，"东床快婿"，由此成为美谈，而这样的美谈，也只能出在东晋。

王羲之的袒胸露腹，是一种别样的风雅，只有那个时代的人体会得到，如今的岳父岳母们，恐怕难以认同。王羲之与郗璇的婚姻，得感谢老丈人郗鉴的眼力。王羲之的艺术成就，也得益于这段美好的婚姻。王羲之后来在《杂帖》中不无得意地写道：

吾有七儿一女，皆同生。婚娶已毕，唯一小者尚未婚耳。过此一婚，便得至彼。今内外孙有十六人，足慰目前。

他的七子依次是：玄之、凝之、涣之、肃之、徽之、操之、献之。这七个儿子，个个是书法家，宛如北斗七星，让东晋的夜空有了声色。其中凝之、涣之、肃之都参加过兰亭聚会，而徽之、献之的成就尤大。故宫"三希堂"，王羲之、王献之父子占了"两希"，其中我最爱的，是王献之的《中秋帖》，笔力浑厚通透，酣畅淋漓。王献之的地位始终无法超越他的父亲王羲之，或许与唐太宗、宋高宗直到清高宗这些当权者对《兰亭序》的抬举有关。但无论怎样，如果当时郗鉴没有选中王羲之，中国的书法史就要改写。王羲之大抵不会想到，自己这一番放浪形骸，竟然有了书法史的意义，犹如他没有想到，酒醉后的一通涂鸦，成就了书法史的绝唱。

三

1800多年后，我们依然能够呼吸到永和九年春天的明媚。三国时代，纵然有雄姿英发、羽扇纶巾的英雄，有乱石穿空、惊涛拍岸的浩荡，但总的来说，气氛仍是压抑的，充满了刀光剑影。"樯橹灰飞烟灭"，对于英雄豪杰，仿佛信手拈来的功业，对百姓，却是无以复加的灾难。继之而起的魏晋，则是一个"铁腕人物操纵、杀戮、废黜傀儡皇帝的禅代的时代"①。先是曹操"挟天子以令诸侯"，他的儿子曹丕篡夺汉室江山，建立魏朝；继而魏的大权逐步旁落到司马氏手中，司马懿的儿子司马师和司马昭相继担任大将军，把持朝廷大权。曹髦见曹氏的权威日渐失去，司马昭又越来越专横，内心非常气愤，于是写了一首题为《潜龙》的诗。司马昭见到这首诗，勃然大怒，居然在殿上大声斥责曹髦，吓得曹髦浑身发抖，后来司马昭不耐烦了，干脆杀死了曹髦，立曹奂为帝，即魏元帝。曹奂完全听命于司马昭，不过是个傀儡皇帝。但即使傀儡皇帝，司马氏也觉得碍事儿，司马昭死

---

① 张节末：《狂与逸》，东方出版社1995年版，第36页。

后，长子司马炎干脆逼曹奂退位，自己称帝。经过司马懿、司马昭和司马炎三代人的"努力"，终于夺权成功，建立了西晋。

西晋是一个偷来的王朝。这样一个不名誉的王朝，要借助铁腕来维系，那是一定的。所以司马氏的西晋，压抑得喘不过气来。当年曹操杀孔融，孔的两个儿子尚幼，一个9岁，一个8岁，曹操斩草除根，没有丝毫的犹豫，留下了"覆巢之下，焉有完卵"的成语。此时的司马氏，青出于蓝胜于蓝，杀人杀得手酸。"竹林七贤"过得潇洒，嵇康"弹琴咏诗，自足于怀"，刘伶整日捧着酒罐子，放言"死便埋我"，也好玩儿，但那潇洒里却透着无尽的悲凉，不是幽默，是装疯卖傻，企图借此躲避司马家族的专政铁拳，最终，嵇康那颗头颅，还是被一刀剁了去。

290年，晋武帝死，皇宫和诸王争夺权力，互相残杀，酿成"八王之乱"。对于当时的惨景，虞预曾上书道："千里无烟爨之气，华夏无冠带之人。自天地开辟，书籍所载，大乱之极，未有若兹者。"这份乱，可谓登峰造极了。317年，皇帝司马邺被俘，西晋灭亡。王家的功业，恰是此时建立的，317年，王旷、王导、王敦等人推司马睿为皇帝，定都建康，建立东晋。动荡的王朝在建康（南京）得到暂时的安顿，社会思想平静得多，各处都加入了佛教的思想。再至晋末，乱也看惯了，篡也看惯了，文章便更和平。与西晋相比，东晋士人不再崇尚形貌上的冲决礼度，而是礼度之内的娴雅从容。昏暗的油灯下，鲁迅恍惚看到了一个好的故事："这个故事很美丽，幽雅，有趣。许多美的人和美的事，错综起来像一天云锦，而且万颗奔星似的飞动着，同时又展开去，以至于无穷。"这些美事包括：山阴道上的乌桕、新秋、野花、塔、伽蓝……

所以东晋时代的郊游、畅饮、酣歌、书写，都变得轻快起来，少了"建安七子""竹林七贤"的曲折和吞咽，连呼吸吐纳都通畅许多。永和九年（353），暮春之初，不再奔走流离，人们像风中的渣滓，即使飞到了天边，也终要一点一点地落定，随着这份沉落，人生和自然本来的色泽便会显露出来，花开花落、雁去雁来、雨丝风片、微雪轻寒，都牵起一缕情欲。那份欲念，被生死、被冻饿遮掩得太久了，只有在这清澈的山林水泽，才又被重新照亮。文化是什么？文化是超越吃、喝、拉、撒之上的那丝欲念，那点渴望，那缕求索，是为人的内心准备的酒药和饭食。王羲之到了兰亭，才算是找到了真正的自己，或者说，就在王羲之仕途困顿之际，那份从容、淡定、逍遥，正在会稽山阴之兰亭，等待着他。

会稽山阴之兰亭，种兰的传统可以追溯到春秋时代，据说越王就曾在这里种兰，后人建亭以志，名曰兰亭。而修禊的风俗，则始于战国时代，传说秦昭王在三月初三置酒河曲，忽见一金人，自东而出，奉上水心之剑，口中念道："此剑令君制有西夏。"秦昭王以为是神明显灵，恭恭敬敬地接受了赐赠，此后，强秦果然横扫六合，一统天下。从此，每年三月三，人们都到水边祓祭，或以香薰草蘸水，洒在身上，洗去尘埃，或曲水流觞，吟咏歌唱。所谓曲水流觞，就是在水边建一亭子，在基座上刻下弯弯曲曲的沟槽，把水流引进来，把酒杯斟满，放到水上，让酒杯在水上浮动，到谁的面前，谁就要举起酒杯，趁着酒液熨过肺腑，吟诵出胸中的诗句。魏晋的优雅、江左的风流，让后世文人思慕不已，甚至大清的乾隆皇帝，也在紫禁城宁寿宫花园的一角，建了一座禊赏亭，企图通过复制曲水流觞的物理空间，体验东晋士人的风雅神韵。在他看来，假若少了这份神韵，这座宫殿纵然雕栏玉砌、钟鸣鼎食，也毫无品位。

或许得不到的永远是最好的，王羲之式的风雅，让后世许多帝王将相艳羡不已，纷纷效仿，与此相比，王羲之最向往的，却是拯救社稷苍生的功业。与郗璇结婚三年后，王羲之就凭借庾亮等人的举荐，以及自己根红苗正的家世，官至会稽内史、右军将军——"王右军"之名由此而来，但官场的浑浊，依旧容不下一个清风白袖的文人书生。官场上的王羲之，像相亲时一样我行我素。他与谢安一同登上冶城，在谢安悠然远想的时候，他居然批评谢安崇尚虚谈，不务实际："今四郊多垒，宜人人自效，而虚谈费务，浮文妨要，恐非当今所宜。"还反对妄图通过北伐实现个人野心的桓温、殷浩："以区区吴越经纬天下十分之九，不亡何待？"《晋书》说他"以骨鲠称"，还说他"雅性放诞，好声色"。他入世，却不按官场的既定方针办，他不倒霉，谁倒霉呢？果然，王羲之被官场风暴，径直吹到会稽。

离开政治旋涡建康，让他既失落又欣慰。他离自己的理想越来越远，却离自然越来越近。即使在病中，他还写下这样的诗句：

取观仁嘉乐，

寄畅山水阴。

清泠涧下濑，

历落松竹林。

　　和朋友们相约雅集的那一天，天朗气清，惠风和畅，桑葚的芬芳飘荡在泥土之上，阳光透过密密匝匝的竹林漏到溪水边，使弯曲的流水变成一条斑驳的花蛇。光线晶莹通透，饱含水汁。落花在风中出没，在光影中流畅地迂回，那份缠绵，看着让人心软。所有的刀光剑影都被隐去了，岁月被这缕阳光抹上一层淡金的光泽。唯有此时，人才能沉下来，呼应着自然的启发，想些更玄远的事情，"仰观宇宙之大，俯察品类之盛，所以游目骋怀，足以极视听之娱，信可乐也"。从这文字里，我们看到王羲之焦灼的表情终于松弛下来。我们看见了他的侧脸，被蝉翼般细腻和透明的阳光包围着，那样柔和。他忽然间沉默了，他的沉默里有一种长久的力量。

　　在那一刻，谢安、孙绰、谢万、庾蕴、孙统、郗昙、许询、支遁、李充、袁峤之、徐丰之一干人等，正忙着饮酒和赋诗，他们吟出的诗句，也大抵与眼前的景象相关。其中，谢安诗云：

相与欣佳节，率尔同褰裳。

薄云罗物景，微风扇轻航。

醇醪陶元府，兀若游羲唐。

万殊混一象，安复觉彭殇。

孙绰诗云：

流风拂枉渚，停云荫九皋。

嘤羽吟修竹，游鳞戏澜涛。

携笔落云藻，微言剖纤毫。

时珍岂不甘，忘味在闻韶。

　　他们或许并不知道，望着眼前的灿烂美景，王羲之在想些关于短暂与永久的话题，也快乐，也忧伤。儒家学说有一个最薄弱、最柔软的地方，就是它过于关注处理现实社会问题，协调人的关系，而缺少宇宙哲学的形而上学思考。它所建构的家国伦理把一代代的中国士人推进官场，却缺少提供对于存在问题的深刻解答，这一缺失，直到宋明理学时代才得到弥补。而在宦海中沉浮的王羲之，内心始终缺了一角，此时，面对天地自然，面对更加深邃的时空，他对生命有了超越功利的思考，他心灵中缺失的一角，仿佛得到了弥补，那份快乐自不必说，对于度尽劫波的王羲之来说，这份快乐，他自会在内心里妥帖收藏；而他的忧伤，则是缘于这份"乐"，来得快，去得也快。因为人的生命，犹如这暮春里的落花，无论怎样灿烂，转眼之间，就会消失得无影无踪。

花朵还有重新开放的时候，仿佛一场永无止境的轮回，在春风又起的时候，接续它们的前世。所以那花，是值得羡慕的。但是，每当春蚕贪婪地吸吮桑叶上黏稠甜美的汁液，开始一段即将启程的路途，眼前这些活生生的人们，可能都已不在人世了。一如我们今日重返兰亭，看得见崇山峻岭，茂林修竹，清流激湍，映带左右，唯有永和九年那一班名人雅士去向不明。我们摸得到阳光，却摸不到他们曾经真实的身体。

王羲之特立独行，对什么都可以不在乎，包括官场的进退、得失、荣辱，但有一个问题他却不能不在乎，那就是死亡。死亡是对生命最大的限制，它使生命变成一种暂时的现象，像一滴露、一朵花。它用黑暗的手斩断了每个人的去路。在这个限制面前，王羲之潇洒不起来，魏晋名士的潇洒，也未必是真的潇洒，是麻醉、逃避，甚至失态。在这个问题上，他们并不见得比王羲之想得深入。

所以，当参加聚会的人们准备为那一天吟诵的37首诗汇集成一册《兰亭集》，推荐主人王羲之为之作序时，王羲之趁着酒兴，用鼠须笔和蚕茧纸一气呵成《兰亭序》。全文如下：

永和九年，岁在癸丑，暮春之初，会于会稽山阴之兰亭，修禊事也。群贤毕至，少长咸集。此地有崇山峻岭，茂林修竹；又有清流激湍，映带左右，引以为流觞曲水，列坐其次。虽无丝竹管弦之盛，一觞一咏，亦足以畅叙幽情。是日也，天朗气清，惠风和畅，仰观宇宙之大，俯察品类之盛，所以游目骋怀，足以极视听之娱，信可乐也。夫人之相与，俯仰一世，或取诸怀抱，晤言一室之内；或因寄所托，放浪形骸之外。虽取舍万殊，静躁不同，当其欣于所遇，暂得于己，快然自足，不知老之将至。及其所之既倦，情随事迁，感慨系之矣。向之所欣，俯仰之间，已为陈迹，犹不能不以之兴怀。况修短随化，终期于尽。古人云："死生亦大矣。"岂不痛哉！每览昔人兴感之由，若合一契，未尝不临文嗟悼，不能喻之于怀。固知一死生为虚诞，齐彭殇为妄作。

后之视今，亦犹今之视昔。悲夫！故列叙时人，录其所述，虽世殊事异，所以兴怀，其致一也。后之览者，亦将有感于斯文。

文字开始时还是明媚的，是被阳光和山风洗濯的通透，是呼朋唤友、无事一身轻的轻松。但写着写着，调子却陡然一变，文字变得沉痛起来，真是一个醉酒忘情之人，笑着笑着，就失声痛哭起来。那是因为对生命的追问到了深处，便是悲观。这种悲观，不再是对社稷江山的忧患，而是一种与生俱来，又无法摆脱的孤独。《兰亭序》寥寥324字，却把一个东晋文人的复杂心境一层一层地剥给我们看。于是，乐成了悲，美丽作成了凄凉。实际上，庄严繁华的背后，是永远的凄凉。打动人心的，是美，更是这份凄凉。

四

由此可以想见，唐太宗之喜爱《兰亭序》，不仅因其在书法史的演变中，创造了一种俊逸、雄健、流美的新行书体，代表了那个时代中国书法的最高水平（赵孟頫称《兰亭序》是"新体之祖"，认为"右军手势，古法一变，其雄秀之气出于天然，故古今以为师法"；欧阳询《用笔论》说："至于尽妙穷神，作范垂代，腾芳飞誉，冠绝古今，唯右军王逸少一个而已。"），也不仅因为其文字精湛，天、地、人水乳交融（《古文观止》只收录了6篇魏晋六朝文章，《兰亭序》就是其中之一），更因为它写出了这份绝美背后的凄凉。我想起扬之水评价生于会稽的元代词人王沂孙的话，在此也颇为适用："他有本领写出一种凄艳的美丽，他更有本领写出这美丽的消亡。这才是生命的本质，这才是令人长久感动的命运的无常。它小到每一个生命的个体，它大到由无数生命个体组成的大千世界。他又能用委曲、吞咽、沉郁的思笔，把感伤与凄凉雕琢得玲珑剔透。他影响于读者的有时竟不是同样的感伤，而是对感伤的欣赏。因为他把悲哀美化了，变成了艺术。"①

唐太宗李世民是一个迷恋权力的人，玄武门之变，他是踩着哥哥李建成的尸首当上皇帝的，但他知道，所有的权力，所有的荣华，所有的功业，都不过是过眼云烟，他真正的对手，不是现实中的哪一个人，而是死亡，是时间。如海德格尔所说："死

---

① 扬之水：《无计花间住》，上海人民出版社 2011 年版，第 16 页。

亡是此在本身向来不得不承担下来的存在可能性""作为这种可能性，死亡是一种与众不同的悬临。"①艾玛纽埃尔·勒维纳斯则说："死亡是行为的停止，是具有表达性的运动的停止，是被具有表达性的运动所包裹、被它们所掩盖的生理学运动或进程的停止。"②他把死亡归结为停止，但在我看来，死亡不仅仅是停止，它的本质是终结，是否定，是虚无。

虚无令唐太宗不寒而栗，死亡将使他失去他业已得到的一切，《兰亭序》写道："况修短随化，终期于尽。古人云：'死生亦大矣。'岂不痛哉！"这句一定令他猝然心惊。他看到了美丽之后的凄凉，会有一种绝望攫取他的心，于是他想抓住点什么。他给取经归来的玄奘以隆重的礼遇，又资助玄奘的译经事业，从而为中国的佛学提供了一个新的起点。我们无法判断唐太宗的行为中有多少信仰的成分，但可以见证他为抗衡人生的虚无所做的一份努力，以大悲咒对抗人生的悲哀和死亡的咒语。他痴迷于《兰亭序》，王羲之书法的淋漓挥洒自然是一个不可不觑的因

　　①〔德〕马丁·海德格尔：《存在与时间》，生活·读书·新知三联书店2006年版，第288页。
　　②〔法〕艾玛纽埃尔·勒维纳斯：《上帝·死亡和时间》，生活·读书·新知三联书店1997年版，第7页。

素，但更重要的原因却在于它道出了人生的大悲慨，触及了他最敏感的那根神经，就是存在与虚无的问题。在这一诘问面前，帝王像所有人一样不能逃脱，甚至于，地位愈高、功绩愈大，这一诘问，就越发紧追不舍。

从这个意义上说，《兰亭序》之于唐太宗，就不仅仅是一幅书法作品，而成为一个对话者。这样的对话者，他在朝廷上是找不到的。所以，他只能将自己的情感，寄托在这张纸上。在它的上面，墨迹尚浓，酒气未散，甚至于永和九年暮春之初的阳光味道还弥留在上面，所有这一切的信息，似乎让唐太宗隔着两百多年的时空，都听得到王羲之的窃窃私语。王羲之的悲伤，与他悲伤中疾徐有致的笔调，引发了唐太宗以及所有后来者无比复杂的情感。

一方面，唐太宗宁愿把它当作一种"正在进行时"，也就是说，每当唐太宗面对《兰亭序》的时候，都仿佛面对一个心灵的"现场"，让他置身于永和九年的时光中，东晋文人的洒脱与放浪，就在他的身边发生，他伸手就能够触摸到他们的臂膀。

另一方面，它又是"过去时"的，它不再是"现场"，它只是"指示"（denote）了过去，而不是"再现"（represent）了过去。这张纸从王羲之手里传递到唐太宗的手里，时间已经过去了两百多年，它所承载的时光已经消逝，而他手里的这张纸，只不过是时光的残渣、一个关于"往昔"的抽象剪影、一种纸质的"遗址"。甚至不难发现，王羲之笔画的流动，与时间之河的流动有着相同的韵律，不知是时间带走了他，还是他带走了时间。此时，唐太宗已不是参与者，而只是观看者，在守望中，与转瞬即逝的时间之流对峙着。

《兰亭序》是一个"矛盾体"（paradox），而人本身，不正是这样的"矛盾体"吗？——对人来说，死亡与新生、绝望与希望、出世与入世、迷失与顿悟，在生命中不是同时发生，就是交替出现，总之它们相互为伴，像连体婴儿一样难解难分，不离不弃。

当然，这份思古幽情，并非唐太宗独有，任何一个面对《兰亭序》的人，都难免有感而发。但唐太宗不同的是，他能动用手里的权力，巧取豪夺，派遣监察御史萧翼，从辩才和尚手里骗得了《兰亭序》的真迹，唐代何延之《兰亭记》详细记载了这一过程[①]，从此，"置之座侧，朝夕观览"。还命令当朝著名书法家临

①明代李日华、近代余绍宋皆认为此文不可信。

摹，分赐给皇太子和王公大臣。唐太宗时代的书法家们有幸目睹过《兰亭序》的真迹，这份真迹也不再仅仅是王氏后人的私家收藏，而第一次进入了公共阅读的视野。这样的复制，使王羲之的《兰亭序》第一次在世间"发表"，只不过那时的印制设备，是书法家们用于描摹的笔。唐太宗对它的巧取豪夺，是王羲之的不幸，也是王羲之的大幸。而那些临摹之作，也终于跨过了一千多年的时光，出现在故宫午门的展览中。其中，我们目前能够看到的最早的摹本是虞世南的摹本，以白麻纸张书写，笔画多有明显勾笔、填凑、描补痕迹；最精美的摹本，是冯承素摹本，卷首因有唐中宗"神龙"年号半玺印，而被称为"神龙本"，此本准确地再现了王羲之遒媚多姿、神清骨秀的书法风神，将许多"破锋""断笔""贼毫"等，都摹写得生动细致，一丝不苟。

而王羲之《兰亭序》的真迹，据说被唐太宗带到了坟墓里，或许，这是他在人世间最后的不舍。临死前，他对儿子李治说："吾欲从汝求一物，汝诚孝也，岂能违吾心也？汝意如何？"他对儿子最后的要求，就是让儿子在他死后，将真本《兰亭序》殉葬在他的陵墓里。李治答应了他的要求，从此"茧纸藏昭陵，千载不复见"。或许，这张茧纸，为他增添了几许面对死亡的勇气，为死后那个黑暗世界，博得几许光彩，或许在那一刻，他知道了自己在虚无中想抓住的东西是什么——唯有永恒的美，能够使他从生命的有限性中突围，从死亡带来的巨大幻灭感中解脱出来。赫伯特·曼纽什说："一切艺术基本上也是对'死亡'这一现实的否定。事实证明，最伟大的艺术恰恰是那些对'死'之现实说出一个否定性的'不'字的艺术。"

唐太宗以他惊世骇俗的自私，把王羲之《兰亭序》的真迹带走了，令后世文人陷入永久的叹息而不能自拔。它仿佛是在人们视野里出现又消失的流星，一场风花雪月又转眼成空的爱情，令人缅怀又无法证明。它是一个传说、一缕伤痛、一种想象，朝朝暮暮，模糊而清晰地存在着。慢慢地，它终又变成一个无法被接受的现实、一场走遍天涯路也不愿醒来的大梦，于是各种新的传说应运而生。有人说，唐太宗的昭陵后来被一个"盗墓狂"盗了，这个人，就是五代后梁时期统辖关中的节度使温韬。《新五代史》记载，温韬曾亲自沿着墓道潜进昭陵墓室，从石床上的石函中，取走了王羲之的《兰亭序》，那时的《兰亭序》，笔迹还像新的一样。宋人所著《江南余载》证实了这一点，说：昭陵墓室"两厢皆置石榻，有金匣五，藏钟王墨迹，《兰亭序》亦在其中。

嗣是散落人间，不知归于何所"。

如果这些史料所记是真，那么，《兰亭序》在唐太宗死后，又死而复生，继续着它在人间的旅程。在宋人《画墁集》中，我们又能查到它新的行踪——在宋神宗元丰末年，有人从浙江带着《兰亭序》的真本进京，准备用它在宋神宗那里换个官职，没想到半路传来宋神宗驾崩的消息，就干脆在途中把它卖掉了。这是我们今天能够打探到的关于真本《兰亭序》的最后的消息，它的时间，定格在1085年。

五

但人们依然想把它"追"回来，他们发明了一种新的方式去"追"，那就是临摹。临，是临写；摹，则是双勾填墨的复制方法。与临本相比，摹本更加接近原帖，但对技术的要求极高。唐太宗时期，冯承素、赵模、诸葛贞、韩道政、汤普彻等人都曾用双勾填墨的方法对《兰亭序》进行摹写，而欧阳询、虞世南、褚遂良、刘秦妹等则都是临写。宋高宗赵构将《兰亭序》钦定为行书之宗，并通过反复临摹、分赐子臣的方式加以倡导，使对《兰亭序》摹本的收藏成为风气，元、明、清几乎所有重要的书法家，包括赵孟頫、俞和临，明代祝允明、文徵明、董其昌，清代陈邦彦等，都前赴后继，加入到浩浩荡荡的临摹阵营中，使这场临摹运动旷日持久地延续下去。他们密密麻麻地站在一起，仿佛依次传递着一则古老的寓言。他们不像唐朝书法家那样幸运，已经看不到《兰亭序》的真迹，他们的临摹，是对摹本的临摹，是对复制品的复制，他们以这样的方式，完成对《兰亭序》的重述。

但这并非机械地重复，而是在复制中，渗透进自己的风格和时代的审美趣味，这些仿作，见证了"一切历史都是当代史"这一真理。于是有了陈献章行书《兰亭序》卷、八大山人行书《临河叙》轴这些杰出的作品。清末翁同龢在团扇上书写赵孟頫《兰亭十三跋》中一段跋语，虽小字行书，亦得沉着苍健之势；无独有偶，他的政治对手李鸿章，也酷爱《兰亭序》，年过七旬，依旧"不论冬夏，五点钟即起，有家藏一宋拓兰亭，每晨必临摹一百字，其临本从不示人"。

于是，《兰亭序》借用了一代又一代人的手，反反复复地进行着表达。王羲之的《兰亭序》，像一个人一样，经历着成长、蜕变、新陈代谢的过程。在不同的时代，呈现出不同的形状。这些作品，许多为故宫博物院收藏，许多亦在午门的"兰亭特展"上——呈现。它们与我近在咫尺，艺术史上那些大家的名字，突然间密密匝匝地排在一起，让我屏住呼吸，不敢大声出气，而面前的玻璃幕墙，又以冰冷的语言告诉我，它们身份尊贵，不得靠近。

这时我突然想到一个问题——历代文人，为什么对一片字纸如此情有独钟，以至于前赴后继地参与到一项重复的工作中？写字，本是一种实用手段，在中国，却成为一种独特的视觉艺术——西方人也讲究文字之美，尤其在古老的羊皮书上，西方字母总是极尽修饰之能事，但他们的书法，与中国人相比，实在是简陋得很，至于日本书法，则完全是从中国学的。世界上没有一种文化，像中国这样陷入深深的文字崇拜。这种崇拜，通过对《兰亭序》的反复摹写、复制，表现得无以复加。

这是因为文字在中国文化中占有绝对的中心地位，它的地位，比图像更加重要，也可以说，文字本身就是图像，因为汉字本身就是在象形的基础上创造出来的。李泽厚说："汉字书法的美也确乎建立在从象形基础上演化出来的线条章法和形体结构之上，即在它们的曲直适宜，纵横合度，结构自如，布局完满。"中国人把对世界、对生命的全部认识都容纳到自己的文字中，黑白二色，犹如阴阳二极，穷尽了线条的所有变化，而线条飞动交会时的婉转错让，也容纳了宇宙的云雨变幻、人生的聚散离合。即使在宗教的世界，文字的权威也显露无遗，比如佛教史上重要的北京石经山雷音洞，并不像一般佛教洞窟那样，在洞壁上进行彩绘，而是以文字代替图像，在洞壁上镶嵌了大量的刊刻佛经，秘密恰在于文字是中国文化的核心。密密麻麻的文字，以中文讲述着来自印度的佛教经典，这种"以文字代替图像"的做法，也被"视为佛教中国化的另一种方式"。

除了摹本，《兰亭序》还以刻本、拓本的形式复制、流传。刻本通常是刻在木板或石材上，而将它们捶拓在纸上，就叫拓本。仅故宫博物院收藏的《兰亭序》刻本，数量就超过300，刻印时间从宋代一直延续到清代，源远流长，仅"定武兰亭"系统，就分成"吴炳本"、"孤独本"（均为日本东京国立博物馆藏）、"落水兰亭"、"春草堂本"、"玉枕兰亭"（均为故宫博物院藏）、"定武兰亭真拓本"（台北故宫博物院藏）等诸多支脉，令人眼花缭乱。

画家也是不甘寂寞的，他们不愿意在这场追怀古风的运动中落伍。于是，一纸画幅，成了他们寄托岁月忧思的场阈。仅《萧翼赚兰亭图》就有四件流传至今，分别是台北故宫博物院藏唐代阎立本《萧翼赚兰亭图》卷、故宫博物院藏宋人《萧翼赚兰亭图》卷、辽宁省博物馆藏宋人《萧翼赚兰亭图》卷、故宫博物院藏明人《萧翼赚兰亭图》轴。4幅不同朝代的同题作品，在午门的"兰亭大展"上完美合璧。此外，还可看到故宫博物院所藏宋代梁楷的《右军书扇图》卷、台北故宫博物院藏南唐巨然《兰亭修禊图》、宋代郭忠恕《摹顾恺之兰亭燕集图》、宋代刘松年《曲水流觞图》、元代王蒙《兰亭雪霁》、明代李宗谟《兰亭修禊图》、明代仇英《修禊图》、明代赵原初《兰亭图》等画作，不断对这一经典瞬间进行回溯和重放，在各自的视觉空间中挽留属于东晋的诗意空间。画家的参与，使中国的书法史与艺术史交相辉映。这至少表明照搬西方的学科分类对中国艺术进行分科，是不科学的，因为中国书法和绘画，是那么紧密地缠绕在一起，像骨肉筋血，再精密的手术刀也难以将它们真正切割。

眼前这些古老的纸张，就这样形成了一条漫长的链条，在岁月的长河中环环相扣，从未脱节。在这样一个链条上，摹本、刻本、拓本（除了书法之外，上述画作也大多有刻本和拓本传世），都被编入一个紧密相连的互动结构中。白纸黑字的纸本，与黑纸白字的拓本的关系，犹如昼与夜、阴与阳，互相推动，互相派生和滋长，轮转不已，永无止境。中国的文字和图像，就这样在不同的材质之间辗转翻飞，摇曳生姿，如老子所说："一生二，二生三，三生万物，周而复始，衍生不息。"中文的动词没有时态的变化，那是因为在中国人的精神结构里，时间的概念是模糊不清的；过去、现在、未来的关系，有如流水，很难被斩断；所有的过去，都可能在现实中翻版，而所有的现实，也将无一例外地成为未来的模板。西方人则不同，他们对于时态的变化非常敏感。对他们来说，过去是过去，现在是现在，将来是将来，它们是性质不同的事物，各自为政，不能混淆、替代。在他们那里，时间是一个科学的概念，它是线性的，一去不回头，而对于中国人来说，时间则更像一个哲学的概念。于是，中国人在循环中找到了对抗死亡的力量，因为所有流逝的生命和记忆都在循环中得以再生。《兰亭序》的流传过程，与中国人的时间观和生命观完全同构——每一次死亡，都只不过是新一轮生命的开始。对中国人来说，时间一方面是单向流动的，如孔子所说："逝者如斯夫，不舍昼夜";另一方面，又是循环往复的，它像水一样流走，但在流杯渠中，那些流走的水还会流回来。因此，面对生命的流逝，中国人既有文学意义上的深切感受，又能从过去与未来的二元对立中解脱出来，获得哲学意义上的升华超越。

"思笔双绝"的王沂孙曾写："把酒花前，剩拼醉了，醒来还醉。"一场醉，实际上就是一次临时死亡，或者说，是一次死亡的预演，而醉酒后的真正快乐，则来源于酒后的苏醒，宛若再生，让人体会到来世的滋味。也就是说，在死亡之后，生命能够重新降临在我们身上。

面对着这些接力似的摹本，我们已无法辨识究竟哪一张更接近它原初的形迹，但这已经不重要了，永和九年暮春之初的那个晴日，就这样在历史的长河中被放大了，它容纳了一千多年的风雨岁月，变得浩荡无边，一代又一代的艺术家把个人的生命投入进去，转眼就没了踪影，但那条河仍在，带着酒香，流淌到我的面前。艺术是一种醉，不是麻醉，而是能让死者重新醒来的那种醉，这一点，已经通过《兰亭序》的死亡与重生，得到清晰的印证。在这个世界上，还找不出一个人能够真正地断送《兰亭序》在人间的旅程。王羲之或许不会想到，正是他对良辰美景的流连与哀悼，对生命流逝、死亡降临的愁绪，使一纸《兰亭序》从时间的囚禁中逃亡，获得了自由和永生。而所有浩荡无边的岁月，又被压缩、压缩，变得只有一张纸那么大，那么的轻盈可感。

它们的轻，像蝉的透明翅膀，可以被一缕风吹得很远，但中国人的文化与生命，就是在这份轻灵中获得了自由，不像西方，以巨大的石质建筑，宣示与自然的分庭抗礼。中国文化一开始也是重的，依托于巨大的青铜器和纪念碑式的建筑（比如长城），通过外在的宏观控制人们的视线，文字也附着在青铜礼器之上，通过物质的不朽实现自身的不朽，文字因此具有了神一般的地位。最早的语言——铭文，也借助于器物，与权力紧紧地结合在一起。纸的发明改变了这一切，它使文字摆脱了权力的控制，与每个人的生命相吻合。文化变成均等的权力，汉字的优美形体，也在纸页上自由地伸展腾挪。仅从物质性上讲，纸的坚固度远远比不上青铜，但纸上的文字却更长久。这是因为在纸页上，中国的文字成了真正的活物，自由、潇洒和率性。它放开了手脚，可舞蹈，可奔走，也可以生儿育女。它们血脉相承的族谱，像一株枝丫纵横的大树，清晰如画。当一场展览将这十几个世纪里的字画卷轴排列在一起，我们才能感觉到文字穿越时间的强大力量。

纸张可以腐烂、焚毁，但那些消失的字，却可以出现在另一张纸上，依此类推，一步步完成跨越千年的长旅。当那些纪念碑式的建筑化作了废墟，它们仍在。它们以自己的轻，战胜了不可一世的重。"繁华短促，自然永存；宫殿废墟，江山长在。"那一缕愁思、一握柔情，都凝聚在上面，在瞬间中化作了永恒。一幅字，以中国人的语法，破解了围于时间和死亡的哲学之谜。

六

王羲之死了，但他的字还活着，层层推动，像一支船桨，让其后的中国艺术有了生生不息的动力，又似一朵浪花，最终奔涌成一条波澜壮阔的大河。那场短暂的酒醉，成就了一纸长达千年、淋漓酣畅的奇迹。《兰亭序》不是一幅静态的作品、一件旧时代的遗物，而是一幅动态的作品，世世代代的艺术家都在上面留下了自己的生命印迹。如果说时间是流水，那么这一连串的《兰亭序》就像曲水流觞，酒杯流到谁的面前，谁就要举起这酒杯，抒发自己对生命的感怀。而那新的抒发者，不过是又一个王羲之而已。死去的王羲之，就这样在以后的朝代里不断地复活。由此我产生了一个奇特的想象——永和九年，有无数个王羲之坐在流杯亭里。王羲之的身前、身后、身左、身右，都是王羲之。酒杯也从一个王羲之的手中，辗转到另一个王羲之的手中。上一个王羲之把酒杯递给了下一个王羲之，也把毛笔，传递给下一个王羲之。这不是醉话，也不是幻觉，既然《兰亭序》可以被复制，王羲之为何不能被复制？王羲之身后那些接踵而来的临摹者，难道不是死而复生的王羲之？大大小小的王羲之、长相不同的王羲之、来路各异的王羲之，就这样在时间深处济济一堂，摩肩接踵。很多年后，我来到会稽山阴之兰亭，迎风坐在那里，一扭身，就看见了王羲之，他笑着，把一支笔递过来。这篇文章，就是用这支笔写成的。

（原载《十月》2013 年第 1 期）

04

杜甫的咏怀

◎陈丹晨

一

公元 755 年，即天宝十四载，在长安已经"北漂"了近十年的杜甫，因为不愿折腰事权贵，才不做"河西尉"，得了另一个小官"右卫率府胄曹参军"。据说只是一个类似看守库房的闲差。这对怀着"致君尧舜上，再使风俗淳"大志的杜甫来说，实在是一个"羞辱"。他并不是计较地位的高低，那是一个要去伺候王侯、看权贵们脸色的活儿，所谓"衔泥附炎热"。所以不久他就请假去远在二三百里路外的奉先县看望妻子儿女了。

那是十一月寒冬，出发时已是半夜，大小也算是一位"公务员"的杜甫，因为手头拮据没有雇车马，只能徒步行走。寒风凛冽，草木已经发黄枯零，气温已是零摄氏度以下，两手冻得指头僵硬发直，连衣服上的衣带松散了都没法重新系上。天色漆黑，走山路还要特别小心，怕结了霜冻的石子路滑，踏空了跌下崖谷，连命都没了。

杜甫走着走着，已是天色微曙，才刚刚走到长安远郊的骊山脚下，就看到一排排、一列列全副武装的羽林军士布满骊山上上下下，刀戟在晨曦中闪着寒光，安全保卫工作非常严密，闲杂人员都不许靠近，远远地就被叱喝走了。杜甫一看就明白了，这是唐玄宗李隆基正驻跸在骊山。

骊山并不算高，只不过一千三百多米，从山下往上可以看到浓密的苍翠黛绿，掩映着一座座巍峨的金黄色房顶。这些亭台楼阁就是当今皇帝经常幸临的离宫华清宫。这时虽已凌晨，一般人还睡意蒙眬时，山上却传来响亮热闹的丝弦鼓乐声，嘈杂的笑语欢声。杜甫知道皇上又在通宵作乐了。

　　唐玄宗李隆基这些年沉湎酒色，寻欢作乐已是遍传京城。老百姓虽都听说却不敢乱议论。杜甫毕竟也是官府中人，看到听到的更是不少。像这样通宵达旦大摆欢宴对于唐玄宗来说已是平常事。他的享受，平民百姓是想都想不出来的：吃的是驼蹄羹、霜橙、香橘，穿的是绣着孔雀麒麟的绫罗绸缎、貂鼠皮裘，全身戴满了闪光的金银首饰，观看全国顶尖的歌舞伎大场面演出，还可在华清池洗温泉澡。能有幸参与皇家聚会的都是皇亲国戚、贵族高官。唐玄宗还有一个癖好，出手特大方，经常喜欢撒钱物赏赐给大臣，有时多到记事的人记不胜记。今天肯定又是撒了不少钱帛。杜甫记得很清楚，去年天宝十三载三月，就有过一次皇上大撒钱帛弄得京城老百姓议论纷纷。他在欢宴群臣之际，赏赐给右相杨国忠绢一千五百匹，彩罗三百匹，彩绫五百匹；左相陈希烈绢三百匹，彩罗彩绫各五十匹；三品官赏八十匹；四品五品官赏四十匹。那时的匹，据《汉书·食货志》记载，应该是"布帛广（宽）二尺二寸为幅，长四丈为匹"。唐代变化不大，所以一千五百匹都得用车装载了。现场赏赐只是先给一筐。所以杜甫诗里就说"圣人筐篚恩"。称皇帝为圣人，这样巨大的恩赐是用筐来装的。

唐玄宗平时赏赐大方得有点奇怪。有一年，那是天宝六年（747），他竟然把全国各地进贡的物品全部赏赐给了宰相李林甫。安禄山不断弄点虚虚实实的战功邀赏，几年之内就连续得到越级提升，不仅做了节度使，还被封为东平郡王，去年又加了一个尚书左仆射，实封千户，奴婢十房，庄、宅各一区，又加闲厩、五坊、宫苑。他宠幸杨贵妃，连她的三亲六故都有封赐，两个姐姐成了韩国夫人、虢国夫人；族兄杨国忠原是个无赖，竟成了右相，据说前后兼了四十多个职务，显赫一时。那年春天，在长安郊外的著名风景区曲江边，杜甫亲眼看到杨氏家族车队出游，穷奢极侈，豪华排场，兴师动众，驱赶游人，封路警戒。老百姓都怒目而视。杜甫愤怒至极，当时就吟诗嘲讽说："炙手可热势绝伦，慎莫近前丞相嗔！"

杜甫一边想一边赶路。实在走累了，他不得不临时在驿站雇了一头驴。不觉来到一条大河面前，那正是从西北来的泾水和从西边来的渭水合流的地方，水面宽阔，河流汹涌激荡往东流去。幸亏渡口有一座简便的桥梁，行人在上面走动时还会感到晃动，听到吱吱呀呀的声音，大家都很紧张，互相抓紧了手，攀着栏杆。过河时看到脚下的洪流奔驰，像是高山巨柱崩塌倒下来似的，不免有种惊险的感觉。这时杜甫想到这样艰难的旅途，与清晨在骊山看见的场面，心里总有点想不通：你皇帝老子大手大脚挥霍撒钱，赏赐的这些绢帛绫罗，你知道都是哪儿来的吗？你可清楚，穷苦百姓家的女子起早贪黑纺花、织布，又染又缝，一点一滴辛辛苦苦地做出来的，容易吗？可是官家到处派人把这些钱物一家一户收缴，抵作税款和劳役；稍有不足或争执，就说那些男人寻衅滋事，用鞭子抽打他们。这可是老百姓的血汗啊！想到这里，杜甫不禁热泪盈眶，质问：这是怎么回事啊！

唐玄宗对逢迎自己的臣僚如此阔绰，随意挥霍，是因为有了一个雄厚的祖业家底。当年唐太宗是接受了隋炀帝灭亡的教训，使农民有休养生息的机会。他本身也还比较节俭，不喜欢那种奢华的生活。有一次秋雨连绵，大臣建议修建地势高一点避免潮湿的楼阁他都不许。宫苑里有大批宫女，他认为"妇人幽闭深宫，情实可愍"，又浪费人力财力，便将她们遣散，多达三千多人。他说，这样不仅可以节省开支，她们还可求偶成家。这是相当讲人情、通人性的。他也是历代封建王朝中最能听取下属意见的君主。他懂得："以天下之广，岂可独断一人之虑？"鼓励大臣们随时可以向他进谏。经过二十多年励精图治，有了一个繁荣强大、史称"盛唐"的局面。多代经营之后，唐玄宗李隆基初登皇位时，任用的大臣姚崇、宋璟、张说等都比较贤明能干，继续有一个较好的气象，因而连同唐太宗的贞观年间，被人们誉称为"贞观开元盛世"。

杜甫是一个有浓厚忠君思想的人。他祖父杜审言是初唐著名的诗人，仕途也很曲折。但世家子弟，诗书传家，杜甫接受的无疑也都是视皇帝为君父的传统思想。他把自己比作向日葵，本性就是要向着太阳般的皇帝转，希望他们像传说中的尧舜那样贤明，自己也一心想为国家效劳。但是，他的心同时也和百姓连在一起："穷年忧黎元，叹息肠内热。"忠君是和老百姓同忧共喜相一致的。当发现老百姓受苦受难时，他就会在诗中为之呼号。

可是唐玄宗是一个妄自尊大的人，一旦有了这些财富和国力就飘飘然，经常炫富摆阔。有一次，唐玄宗还带着百官去参观国库里多得像小山一样的钱币。这样的人当然听不进别人的忠言劝告，只喜欢对他谄媚吹拍的小人。他重用李林甫为宰相长达十七年，把重要政事几乎都交给李林甫去打理。这个李林甫恰恰是历史上有名的"口蜜腹剑"的贪腐奸佞。后期又重用同样贪腐且最会说假话的杨国忠为宰相；把一个野心勃勃的安禄山一再提升执掌重要军权；把高力士这样的太监奴才任命为将军。他不断提拔、赏赐这些大臣，大臣们就越发厚颜无耻地使劲吹捧献媚于他。可笑的是他还热衷于吹嘘炫耀自己，譬如把自己的尊号前前后后至少加码了五次，从最初的"开元圣文神武皇帝"开始，那些宏大的颂词越加越多，到第五次成了"开元天地大宝圣文神武孝德证道皇帝"，来显示和满足他的权威和虚荣心。这样一批掌握国家大权的人，被后来的史官们评点说："朝廷罕有正人，附丽无非险辈……朋比成风，廉耻都尽！"（《旧唐书》第一卷，中华书局1975年版，第235—236页）

对于这种局面，杜甫非常痛心。他说：朝廷里挤满了大臣，按理说他们都应该懂得财帛来之不易，一个有良心的人会感到很可怕，这样搞下去是会完蛋的，还不快劝说提醒皇帝不要这样挥霍寻欢。但是他们不仅没有这样做，还在一起腐败享乐，醉生梦死。杜甫已经深深感到一种绝望。他看到了这个表面上辉煌繁荣的社会正在糜烂崩溃。他唱出了"朱门酒肉臭，路有冻死骨"这样惊天地、泣鬼神的千年不朽的诗句，把面临的最严重的社会危机大声喊了出来！

天气阴冷，寒风吹骨，下起了纷纷扬扬的大雪，路越来越难走。杜甫赶着驴往北继续进发。二百多里路走了三天才赶到奉先县。奉先又名蒲城。去年秋天，杜甫因为长安米贵，实在维持不了日常生活，于是把妻子儿女送到奉先暂时寄住。那里的杨县令是他的近亲，想能有所照顾。但是匆匆过了许多日子，心里非常惦念，想着自己不能长久不顾家里，即使生活再困难也应一起共患难，这才冒着风雪赶回家来。

无论如何没有想到，他刚走进家门，就听见里面一片号啕哭声，原来他幼小的儿子饿死了。妻子满脸都是泪水向他诉说经过，还痛责自己没有尽心。这能怪妻子吗？看到躺在床上的幼儿的遗体，这样悲惨的景象使他痛心伤悲。但是《礼经》却又规定长辈不哭丧婴，唐代仍遵此习俗。杜甫即使不便痛哭，但更感到自己为人父的愧疚，让家人长期处在饥饿的状态，连一个孩子都不能养活，致使他夭折。想到这还是秋收刚结束不久，怎么会没有吃的了呢？是被横征暴敛去了！那他总还是一个官员，与老百姓不同的是他不必交税，也不用服劳役，应该境况要好一些嘛！怎么会穷到这个地步呢？

周围邻居们看见他回来了，都过来看望。大家也都伤心落泪，叹息发愁。杜甫看着这些老百姓，他们不是更处在绝境吗？他们中还有很多的家人长期在边境当兵打仗，家里的劳力少，生活不更艰难吗？这是什么世道呀？这个日子怎么过下去呢？杜甫悲伤地想：自己的忧愁与这个社会面临的危机一样，像是终南山般高，又像洪水汹涌袭来不可收拾！

几乎就在这同时，镇守在北方幽州的范阳节度使安禄山发动了叛乱，率领十多万大军浩浩荡荡南下，十二月就攻陷了东都洛阳，正向长安进发。一场大动乱开始了！

二

杜甫在家里住下不久，安禄山叛乱的消息很快传到了奉先。杜甫开始很震惊，再想想也不觉得意外。安禄山的父亲是胡人，母亲是突厥人，对唐朝本来就不是真心归附。他骗得唐玄宗信任，经过多年的经营，所辖管的军队里从将领到士兵很多是蕃人，其中突厥、契丹、奚等少数民族都有。安禄山拥兵自重，经常在所辖地区制造战争事端，唐玄宗却反以为有功，对他宠信有加，不断给他加官晋爵。其实有些人已经看出一点端倪。杜甫就是其中之一，他在这之前的诗里就不点名地指出："主将位益崇，气骄凌上都。边人不敢议，议者死路衢！"就是说安禄山的地位越来越高，气势骄横连皇帝也不放在眼里。老百姓都不敢说话，一议论就会被公开弄死。现在安禄山终于撕下伪装公开叛乱了！

安禄山叛军每攻破一个城市就肆意掠夺财物、妇女，强迫男子参加作战，随意杀人。到第二年的六月直逼潼关，京师长安震动。昏庸的唐玄宗最早听到安禄山反叛的报告时还不相信，自以为他信任的人不会背叛他。到了镇守潼关的大将哥舒翰被叛徒出卖而失守时，他就慌慌张张带了杨国忠、高力士等少数亲信在一个微雨飘洒的清晨狼狈逃出长安城，连许多皇亲贵族都来不及得到通知逃脱。

这时杜甫住在偏僻的奉先城郊，开始时还算安全，也能不时听到传来的时局形势变化。他住在家里将近半年的时间，常常沉入回忆和深思。朝廷的腐败和混乱、百姓的苦难都一一在他眼前重新闪现。连年战争，不断征伐，朝廷一而再，再而三地招募兵丁补充，几乎家家户户都有年轻人被强征入伍。那还是几年前，杜甫在长安北郊咸阳桥边就看到过这样一幕：被新征的壮丁队伍正要开拔往前线去，人多得尘埃四起。那些老老小小的家人闻讯都来送行，拉着新兵的衣服舍不得他们离去。也有的顿足痛哭，哭喊声震耳。有些知情的老汉就议论长叹："拉壮丁实在太频繁了！几乎年年都有，甚至一年好多次。"这样的当兵没有规定年限，有的少年不到十五岁还没成年就被征去，到了四十岁头发都白了还回不来。村子里年轻男人几乎很少见了，只能靠女人们下地干活，做不过来，大片农田荒芜减少了收成。但是，官府照样不断来追讨税钱，逼得农民走投无路。

杜甫看到路人都在愤愤不平，却只能窃窃私语，因为旁边都有官府的人在监控着，不许发牢骚，不许讲真相。听说也有些人曾想逃避服役，但会遭到更大的惩罚。杜甫想：为什么朝廷一再声称这是报效国家的好机会；青年人应该有志气打仗立功；有了战功还能加官晋爵。但这些好听的话诱惑不了年轻人，因为他们看穿了这种战争是不义的。有一位老兵悄悄地揭露说：军队里也是极为腐败，即使你有了一些军功，也被将领们弄虚造假冒功邀赏；士兵欺生，新兵处境艰难；有时明明打了败仗还当胜仗往上报功；有时明明此地挑起事端却说是对方侵犯边境。所以有的当了几十年的兵侥幸活着也都想办法逃回乡来，不愿在贪腐邪恶的军队继续混下去。

杜甫对战争给老百姓带来的灾难有切肤之痛。他想到当年隋炀帝之毁灭，除了暴政，还因为他三次攻打高丽失败，连年征发士兵和夫役耗尽国力，民怨沸腾。史书就曾评点说：隋炀帝"内恃富强，外思广地，以骄取怨，以怒兴师，若此而不亡，自古未闻之也"（《隋书》第一卷）。隋末群雄造反，各自割据，称王称霸，互相残杀，如孟子说的"春秋无义战"一样也是汉人不义的内战。唐太宗前后用了近十年时间的武力加政治，才得以打平诸雄，改变这个纷争的局面。杜甫历来很称颂唐太宗"煌煌太宗业，树立甚宏达"，但是他同样也不满唐太宗晚年错误地从海陆两路攻打高丽直达平壤，无功而返。所以杜甫一想到那许许多多的内外战争，心里就犯堵。

那时的战争是用兵士的肉搏、面对面的刀砍剑击论胜负的。据说从秦朝开始，是以计算砍杀的人头来记功的。到唐代时，战报还是经常那样记录称："斩首万余级""斩首三千余级""斩首十万级，横尸三十里"……诸如此类的记载在史书里随处可见。试想一场战事血流成河，尸体遍野，双方死亡就是万千人头血淋淋的，何等残酷血腥。最后成王败寇，也就是现在人们常说的如动物世界里的"弱肉强食，丛林法则"。人类到那时还没有完全脱离野蛮阶段呢！

　　杜甫的前半生几乎都是与唐玄宗即位一起过来的。所以唐玄宗的作为，他都看在眼里。早期的富裕安逸生活使唐玄宗越来越骄妄，滋生了"吞四夷之志"的愚蠢想法，一味夸耀武功，通过发动对外战争为自己树立权威，企图让四方来朝贡，他也就成为"天地大宝圣文神武"至高无上的皇帝了。那些镇守边境的节度使很多迎合上意，以开边衅邀功求富贵，唱着今天武统谁、明天灭了谁的好战调子。那时周围边境东有高丽，北有突厥，西有吐蕃，以及其他少数民族，互相之间经常有摩擦，有时和亲了，有时打仗了。既有这些少数民族的入侵劫掠，也有唐朝进攻侵略。唐高宗时，曾攻陷了高丽的平壤。到了唐玄宗时，更是迷信武力，远征极为频繁，如先是灭了西突厥；开元三年（715），又派张孝嵩率兵万余人进军西域，攻打吐蕃，直达龟兹外数千里。天宝九年（750），高仙芝率军远征，在葱岭以西与大食等大战失败。尽管最强的时候唐朝政治势力远到里海东岸，杜甫不但不引以为荣，还忧虑山河因此有变，他吟诗道："登兹翻百忧……秦山忽破碎，泾渭不可求……日晏昆仑丘。黄鹄去不息，哀鸣何所投？"并清醒地指出"祸转亡胡岁，势成擒胡月"。杜甫认为

"安史之乱"就是好战开边带来的恶果!

战争在任何时候都是杀人的机器,受战争伤害最大的永远是平民百姓,即便是互相残杀的兵士,也都是穿了军装的百姓。生命财产全家老小都可能在战争中毁于一旦。杜甫想起一个怪事:唐玄宗十分推崇《老子》,开元二十一年(733),他曾下令规定读书人家里都要置备一本《老子》。每年科举考试时减少有关儒家的《尚书》《论语》方面的考题,增加有关《老子》的内容。安禄山十一月叛乱前的一个月,这个唐玄宗还颁发《御注老子》和《义疏》让全国人学习。他难道不知道《老子》的思想是认为"兵者不祥之器","夫乐杀人者,则不可以得志于天下矣",是最反对战争杀人的,更强调要对老百姓好,批评"圣人不仁以百姓为刍狗"?唐玄宗干的事与这些话全是反的,说的和做的完全是两回事。杜甫无法明白这个皇帝到底在想什么,想干什么。

杜甫在奉先,想到自己在不久前写的诗歌里,就已经按捺不住愤怒,曾多次批评唐玄宗好战扩张,不顾人民死活。他在《兵车行》中吟唱:"边庭流血成海水,武皇开边意未已!""武皇",原来是指汉武帝,但这里人们一看就知道实指唐玄宗,指斥战争是没完没了的"开边"。整篇描述的是战争造成的百姓痛苦:"君不见青海头，古来白骨无人收。新鬼烦冤旧鬼哭，天阴雨湿声啾啾！"他在《前出塞九首》中更直截了当地责问："君已富土境，开边一何多？"你皇帝已经有了那么多的疆土，为什么还要一而再，再而三地在边境发动战争？这些诗歌都是直接指向最高统治者的严厉责问，是别的诗人作品中很少见的。

杜甫不但反对战争，而且主张即使为了制止进犯的敌人，只要把敌人首领抓住就行了，何须多杀人。对于杀人，他是那么反感："杀人亦有限，列国自有疆。苟能制侵陵，岂在多杀伤！"把敌人赶回他们的疆土，不要一味杀个没完！这是对以首级论功的传统旧制、频频出塞作战的穷兵黩武的批评。杜甫对生命敬畏的思想和胸襟即便穿越时光，到今天对人们仍有很大的启示。

安禄山叛军进攻潼关时，距离较近的奉先城开始陷入混乱，人们都紧张地纷纷疏散逃亡。五月，杜甫也带着妻儿全家往北徒步一百多里地到达白水县。前一阵他曾先来看望过这里的县令，也就是他的舅舅崔明府，受到了款待，现在也得到了庇护暂住。哪想不到一个月，叛军攻陷了潼关，白水县也不安全了。杜甫只好携全家继续沿着洛河北上流亡。

那里不是平原地，而多河流和高坡。因为正是夏日，天气酷热，河水汹涌，却无桥梁小舟可渡；遇到山丘土坡还要手脚并用艰难攀爬；有时还会遇到雷雨交加，身上无遮雨的衣伞，脚下泥泞，只好手牵着手一步步挨着走。杜甫抱着的小女儿饿了，就哭着舔老父亲的脸。听见山谷里野兽的吼声，杜甫赶紧把怀中女儿的嘴捂住，她还不高兴地挣扎着。另一手牵着的小儿子看见树上的李子就要吃，他不懂那李子是苦的。就这样，走得非常辛苦，一天只能走几里路。晚上捡几个野果充饥，找一些树枝搭个棚过夜。杜甫悲叹自己只是一介无用的书生，自嘲弄不好恐怕会葬身鱼腹。

他们经过长途跋涉，先过彭衙再到同家洼，找到那里的老朋友孙宰的家。那时天已昏黑，孙宰和太太、孩子闻声点着灯出来欢迎他们。杜甫和孙宰执手相视，热泪满面，满腹心事不知从何说起。接着一个个用热水洗脸洗脚解乏。几个小孩子早已困倦得睡着了，等端出饭菜时，还得把他们唤醒起来吃。孙宰把起居活动的房间腾出来让杜甫一家安住。经过多天风餐露宿、饥肠辘辘的旅行，突然有了舒适的住处、饱餐热菜热饭，杜甫感动得要和孙宰结拜为兄弟，说："这样的艰难困苦时刻，谁肯真心热情帮助落难的人！只有你孙宰兄弟帮助了我们。你的高义薄云让我刻骨铭心。"

他们全家在同家洼孙宰家临时住了几天。看孙宰家也不宽裕，并非久留之地，于是又重新出发，经过华原和坊州，走了近二百里路到达了鄜州，总算暂时落脚在此安顿下来。

三

杜甫在鄜州虽然一家团聚，心里却念念不忘外面世界的风风雨雨。许多消息陆陆续续传来：唐玄宗逃出长安后，卫护他的军队在马嵬驿哗变，要求处死杨贵妃、杨国忠兄妹。玄宗被迫照办了。之后他带着一千多人马流亡到了蜀都。太子李亨则从马嵬驿分兵往西北退却到了宁夏灵武。公元756年，安禄山叛乱后的第二年七月，李亨称帝即唐肃宗，据说当时手下只有三十几个文武官员。但各地勤王的军队先后赶来参加对安禄山叛军的作战。大家对肃宗期望很高，希望能够从此一举平定叛乱。

杜甫听到这些消息又坐不住了。与妻子商量后，他决心离家去投奔唐肃宗，为国家中兴改变满目疮痍的局面出点力。那时安禄山的同伙史思明率领的叛军正从太原往西进攻。杜甫离了鄜州想经过芦子关去往西北方向的灵武，哪知走不多久迎面就遇上叛军，他和许多乡民一起被掳掠到了京城长安。叛军看他已是四五十岁的老头，头发都已开始花白，一身布衣，既非官员也不能当兵干苦力，有时也会叱喝欺凌他，就要他在贼营里做点杂事。这样，他偶然还可以到处走走。

那已是秋天。他在长安城街头有时会遇到那些叛军，他们刚从战场下来，一队队非常得意猖狂，大声呼叫，唱着胡歌，狂饮醉酒，甚至亮着满带血迹的刀剑，耀武扬威，招摇过市。杜甫心里悲愤，那是他熟悉的乡亲子弟们的血呀！他看到行人眼眶里满含热泪，只盼望着官军早日收复京城。哪知道事后他才听说是在长安附近的咸阳郊外刚刚打完的仗，官军大败，死了好几万人！

有一天，杜甫悄悄地来到曲江边，看到昔日繁华不再，江头的行宫已是冷清清地大门紧锁，野草都已长了出来。当年唐玄宗携杨贵妃常幸临于此，是多么得意骄狂，每次出行时都是大队人马，旌旗遮天蔽日，全副武装的军士重重保护着他们，把老百姓撵赶得远远地不见踪影，好像他们将永远是这个天下的主人，可以予取予求。现在呢！现在他们又在哪里呢？走的走了，死的死了！荣华富贵都已化成尘埃！这样的悲剧是怎么回事？那不是他们几个人的事！那是国家的不幸！祸国殃民啊！想到这里，杜甫不禁悲愤地吟唱着："人生有情泪沾臆，江水江花岂终极！"是啊！不要悲伤，世界是不会因为他们带来的灾难而随之衰败的！

在贼营半年多的日子里，杜甫是很郁闷、很痛苦的。他看着时节的变化，春天又来临了，地里麦子开始返青了，红红粉粉的桃花杏花又盛开了……这样下去总不是长久之计。他一心想找机会脱离羁绊。到了这年春天，听说官军已积极反攻，唐肃宗也已在二月移临凤翔。凤翔离长安西边只有二三百里路。在一个深夜，趁叛军不注意时他悄悄地溜出贼营，寻找到一条偏僻的小路只身往西狂奔。

多年的战乱，杜甫居无定所，也无收入，又被掳掠到贼营，所以面目老瘦，身上没有一件像样的衣服。一路徒步奔走，几天下来人已疲惫不堪，头发凌乱，满脸尘土，麻鞋破烂，衣袖已磨破露出两肘，像一个乞丐似的到达凤翔。他直接找到唐肃宗驻跸的地方，见到朝廷官员才高兴得笑出了声，却又呜呜呀呀地哭了起来。真是喜极而泣啊！唐肃宗接见他时，他就是这副模样，成了有名的"麻鞋见天子，衣袖露两肘"。唐肃宗很怜悯他的忠诚正直，给了他一个从八品左拾遗的官，是能够有机会在朝廷议论政事并进谏补阙的。他高兴得流着泪拜受了，因为他觉得可以参与他历来关心的国家大事了。这时他真的满怀信心，认为从此李唐皇朝将会得到中兴。

杜甫上任后，认真履行职责，发现处理房琯的案子有问题。房琯在唐玄宗后期曾任吏部尚书。唐肃宗也欣赏他的才干，接受了他的请求，任他率军兵分三路去收复长安和洛阳两京。房琯是个书生文官，去年十月在咸阳与陈涛斜一战打了大败仗。现在唐肃宗要问罪于房琯撤他的职。杜甫和房琯是布衣之交，如今他上书为房琯说情，认为房琯虽有罪错，但毕竟胜败乃兵家常事，不宜因此对一个大臣轻易治重罪。其实打败仗与唐肃宗自己急于收复两京想早日成至尊的皇帝心切有关，所以他特别恼怒，就把气也撒在杜甫身上，命令相当于管政法的三司审讯治罪于杜甫。这么一来，杜甫做了左拾遗后第一件事不仅没有做成反而成了罪过，是他意想不到的。幸亏宰相张镐劝谏唐肃宗说："如果你因为此事治杜甫的罪，以后人们就不敢说话了！"这才把杜甫救了。

杜甫到达凤翔以后，就写家书寄往鄜州家中问好。因为陷贼营后就无法与家里通消息，不知道妻儿怎么样了。那年八月他就告假回鄜州探亲。从凤翔往东北方向到鄜州数百里路，正是战争之后，夜行经过昔日的战场，还能看见白骨累累。当他到家时，已近黄昏，归鸟叽叽喳喳在树丛柴门间乱飞。他的妻子没接到他的信，不知道他的生死，这会儿突然看见他回来惊讶得又哭又笑。小儿子紧紧挨着他的膝不肯离开一会儿。邻居们闻声来看望他，连院墙上都趴满了人，有几位父老带着酒来与他痛饮畅叙。说到田里没有劳力去耕种，打仗打得村里连未成年的少儿都被拉去当兵了。杜甫饮酒激动时站起来高歌长叹，大家听了忧伤悲苦得热泪纵横。

这次回家与上次探亲不同，他是八品官了，官职虽不高，但有了薪俸，带着仆人，还有给家里妻儿的许多礼物。看到妻子穿的衣服已成百衲衣；最喜欢的小儿子营养不良脸色苍白，两只赤足都是泥垢；两个小女儿穿的衣服补丁摞补丁，短得仅仅过膝。这日子过得实在艰难，活下来就已不容易了！杜甫把礼物一一打开铺在炕上展示，有吃的，穿的，甚至化妆的，样样都有。女儿学她妈妈拿着新梳子梳头，拿着化妆品往脸上抹，还画眉画得像个大花脸。小儿子趴在他身上一边问事一边揪着他的胡子，屋子里洋溢着欢笑声，使杜甫难得享受了这番天伦之乐，竟忘了自己还没喝上一口水吃上一口饭!

那年杜甫四十六岁，在那个时代已是老人了，他也常自称"老夫"。他是个顾家的男人，一直非常爱自己的妻子和儿女。每次被迫离开他们，他总是苦苦思念，写诗抒发怀念之情：有思念妻子的，有思念儿子的，有思念兄弟的……有名的《月夜》《春望》就是其中的代表作。他想以后尽可能不要再离开家了，即使共患难全家人也要在一起。

虽然如此，杜甫在家里还是只待了个把月就回到凤翔继续做他的左拾遗。九月，朔方节度使郭子仪率兵收复两京。十月，杜甫跟着朝廷扈从唐肃宗回到长安。到了下一年（758），唐肃宗听了谗言重新启动对房琯案的处理，五月贬逐了房琯，六月贬杜甫出朝廷去离长安西面不到二百里路的华州当个司功，管当地文化方面的事务。杜甫在朝廷里待的时间不长，对许多事他总有一些不同意见，譬如唐肃宗为了打败叛军引进了回纥军队，还竭力讨好许诺给予大量财物，后来还把自己的小女儿宁国公主嫁给回纥的可汗。杜甫认为回纥兵剽悍能战，但是外族历来成患，怎能让他们的军队深入内地进出京城，骚扰民间，掳掠府库财物。他还幻想两京收复了，安史之乱差不多平定了，天下又该河清海晏了，再也不要打仗杀人了，所有的兵器都可以入库了。但是事实远非如此，内乱外患的大大小小战争仍然不停，朝廷里也是权斗不息，他的朋友房琯、严武等这些正直的臣僚遭到贬逐，唐肃宗没有什么才能却又自以为是，信任奸佞宦官，再加藩镇坐大，矛盾迭起。杜甫在朝廷时，每天五更三点上朝，过的是看皇帝脸色赔笑的日子，且还紧张得衣裳都来不及穿整齐，对国事忧愁终日无从说起。现在到了华州，更插不上嘴说什么不同意见了。

一心想"致君尧舜上"的杜甫有了很大的挫折感。虽然这个时期也写了一些应付朝廷的歌功颂德的辞赋，但更多的诗里抒发了一种惆怅无奈消极的情绪。他开始吟唱及时行乐，不为虚名束缚自己；懒于应付每天上朝那些表面的繁文缛节；官场生活使他感到离百姓越来越远，时光却越来越徒然逝去，自己追求的目标却越来越模糊。所以他曾不无牢骚地吟诗称："无才日衰老，驻马望千门。"开始萌生了退意。

那年冬天，杜甫去收复不久的东京洛阳探亲访友，许多朋友都热情接待宴请他这位名满天下的大诗人。杜甫出生在巩县，离洛阳约一百里路。他也是有意看看家乡的情况。他在那里没有田产，许多家人兄弟也都在外地，看来回家定居已无可能。他沿途来回经过潼关、陕县、新安等地。在前两个月，邺城（安阳）一带刚刚经历了一场十分惨烈的大战。杜甫所经之地大量壮丁被强制征兵增援，农村一片荒凉悲惨的情景使他的内心再一次遭到冲击。

他在新安道看见正在征兵。县城里虽然大肆宣传呼唤，但已找不到合格的壮丁了。上面却还是下了死命令必须强征凑数。十八岁以上的没有了就选以下的，以下的年纪太小打仗不管用也要上。选的不是胖子，就是瘦子，身体不合格的也要选上。村里只听得哭哭啼啼，家家户户伤心得眼泪都干了！

他经过陕县的一个晚上，投宿在老百姓家。半夜里听到县里的小吏跑来狠劲砸门抓人。这家老汉闻声就从后门翻墙逃走了。老婆婆开门应对。她对官吏一边哭一边说："三个儿子都已在军队里参加邺城之战。大儿子只有信来人回不来，二儿子已战死，三儿子正守卫邺城。家里男人只有一个小孙子还是吃奶的婴儿。婴儿的母亲穷得只有一条破裙穿。我自己老了也已没有力气了，如果你们一定非要抓的话，那我就跟你们去到兵营还可以做做饭。"老婆婆的一番泣诉使杜甫一夜没睡着。这些断肠悲戚的话如针穿心一样，深深地刺痛了他。老婆婆最后还是连夜被征用跟着走了。天明时，杜甫只能与潜逃回来的老汉道别。

他所经过的城乡，都是这样哀鸿遍野。有一次遇到一位新婚的年轻女子，听她哭着诉说：自己的丈夫在婚后的第二天一早就被抓去从军。"嫁女与征夫，不如弃路旁。结发为妻子，席不暖君床。暮婚晨告别，无乃太匆忙……"杜甫还曾遇到一位老翁，听他诉说：他的儿子、孙子都已上战场为国捐躯了。他也不想留着自己孤独地活着，也准备去报到打仗。他的老妻正哭哭啼啼躺在路旁不舍得他走。因为她知道此去他必不能再回来，这是生离死别啊！

战争是如此恐怖和血腥，带给百姓的是无穷的痛苦：家破人亡，如同活在地狱。农村凄凄惨惨，田地荒芜，剩了一些寡妇老婆婆，都还不得安宁，生不如死。战争摧毁了人们的生命和正常生活。此次战争虽然是安禄山、史思明等叛乱引起的，究其根本原因还是唐玄宗等统治集团的腐败昏聩。

杜甫的忠君思想是出了名的。但是，他并不认为皇帝就是一贯正确的、不可批评纠正的。他要"致君尧舜上"，就是想帮助皇帝从不贤明成为贤明的君主。他认为皇帝是会有失误的，所以说"恐君有遗失"，需要"谏诤"。但是，杜甫经历了唐玄宗、唐肃宗两朝皇帝，他们的昏庸霸道、好大喜功、亲信奸佞、远逐贤臣、胡作非为、权欲熏心，使杜甫不再有早年的信心和期待。他开始知其不可为而不为之了，他不想再与这个朝廷有什么干系，他已离开权力中心，现在索性不想再做什么官了。他要求的是心灵的自由，不受外界的压力和束缚，更不愿再委屈自己为五斗米而折腰。于是他决心辞官离开华州，带着全家走上一条漂泊不定的路。

那个时代的读书人，历来把做官当作稻粱谋，即使有政治抱负，生活也还是靠此维持的。不做官，像陶渊明那般退隐，是因为幸而在家乡有几亩薄田可以求温饱，但到了灾荒年还是会沦落到乞讨。杜甫的家人最多时有十口之多。对他来说，如果不是对朝廷、对仕途绝望，对官场的极端厌恶，甚至认为有些人比老虎还要凶恶，像这样事关一家人的生存，是不会轻易放弃官俸的。可见他是下了多大的决心！

往东回家乡无望，他就选择了往西比较偏僻但水土比较好的地方，希望开垦一点荒地养家。然而桃花源难寻。在后来的十一年间先后到过甘肃、四川以及荆楚等一二十个地方，除了在成都时间稍长一些，在老友严武的关照下，生活相对比较安逸，其他几乎都是临时短暂的居留，过得很艰辛。广德元年（763），朝廷召他回去任京兆府功曹，他都毅然拒绝不去。杜甫一生痛恨战争，然而发现现实是"战血流依旧，军声动至今"，几乎没有一处是安定和平的。他渴望化剑为犁，把那些刀剑兵器改铸成"农器"，让"一寸荒田牛得耕。牛尽耕，蚕亦成"。当他自己在天寒日暮，白头乱发垂过耳，手脚冻皴皮肉死，跟着养猴子的人一起在山谷拾橡栗，过着饥寒日啾啾的生活时，他最挂念的仍是百姓的不幸；当他知道处处都有人为了交纳租税而卖儿鬻女时，几乎痛心疾首。当他自己的茅屋顶的茅草被风雨卷走，他想到的是"安得广厦千万间，大庇天下寒士俱欢颜"，即使到那时，他自己的房屋"独破受冻死亦足"。

这就是一千多年前中国伟大诗人的胸怀，可敬的人道精神！

（原载《上海文学》2019 年第 6 期）

05

八大山人二记

◎陈世旭

其一

八大山人，一个王孙，一个和尚，一个疯子，一个画家，一个众说纷纭的人，一个难以确认的人，一个扑朔诡谲的传奇，一个挑战智力的难题。350年来，他留给我们的是一个极模糊又极清晰、极卑微又极伟岸的身影。

高小之前，父亲每到假日就拉扯着我去寻访地方名胜，这里有过唐朝的滕王阁和绳金塔，那里有过清朝的府学和衙门之类。我们家当时在南昌东湖，父亲最遗憾的是找不到此间在明代有过的一座将军府的哪怕最细微的一点痕迹。这遗憾并非因为对权贵的艳羡，而是因为对一位伟大艺术家的神往。那位伟大艺术家有一个古怪的名字，叫"八大山人"。他的上十辈祖先是安徽人，而我们家的祖上也在安徽。这让我对这个古怪的名字有了一种天然的亲近感。在传说中，八大山人就出生在那座府第。好在，郊外有一座道院，有后人模仿他的字画的遗迹，父亲说，等我稍长大些，就带我去寻访。

行伍出身的父亲闲时主要做四件事：练国术，作古体诗，写毛笔字，牵着我的手四处转悠。我心里很崇拜他，没想到他心里也有崇拜的人。

八大山人最早就这样进入我的世界。我也就这样永远地记住了一个永远会被人记住的古怪的名字。

第一次走进那座道院，是在30年之后。那时候，我刚刚走过下乡谋生的漫长道路，当初喜欢打拳作诗写字的父亲已是风烛残年，别说牵着我的手四处转悠了，一天的大部分时间，都在床上静卧。

我只能独自去寻找我崇拜的人崇拜的古老偶像。

青石板散落在泥土路上，花岗石桥横过长长的荷塘，远远就看见父亲说过的那座掩映在绿荫下的道院了。

白色高墙环抱着几进暗淡的老屋，青砖灰瓦，门庭斑驳。郊游的红男绿女神色茫然。幽僻中但见鸟去鸟来，花落花开。

曾经的道院，已与道无关，更从来与八大山人无关。之所以发生以讹传讹的传说，也许是善意的寄托。而今这里展览着一些不知名画家的画作，其中包括几件八大山人书画的浮浅摹本。

高仿复制的《个山小像》站立在空寂的中堂。内敛的中国文化精神气贯长虹，看上去却似是柔弱。没有庞然的骨架，没有贲张的血脉，没有鼓胀的肌肉，竹笠下是一双忧郁迷离的眼睛，干枯瘦小的身子包裹在贮满寒气的长衫中，足蹬芒鞋刚刚停住蹒跚的步履。

天空晴朗。风自远方吹向远方。一个人举着不灭的灯盏，引领我走向远逝的凄风苦雨。那样的凄风苦雨吹打了他的一生，制造了数不清的哀伤和愤懑、惊恐和疲惫。树叶摇动，似乎在帮我找回当初的影子和标本以及纯粹的表情。

明亮的肃穆中，历史与现实绵绵更替。风卷起澎湃的潮汐，执着直刺云天。人生苍穹的流星，耀眼划过，长长的划痕，凝固了数百年的沧桑。

心是一处让逝者活着并为之加冕的地方。一个时代被摆上虔诚的祭坛，经受岁月的默读。

家国巨变成为贯穿这位逝者一生的无尽之痛。他在战栗和挣扎的孤恨中走过自己凄楚哀怨的人生。或避祸深山，或遁入空门，竟至在自我压抑中疯狂，自渎自谑，睥睨着一个在他看来面目全非的世界。他最终逃遁于艺术。用了数以百计的名号掩盖自己，以"八大山人"作结，并联缀如草书的"哭之笑之"。他挥笔以当歌，泼墨以当泣，在书画中找到生命激情的喷发口，进入脱出苦海的天竺国。他似乎超然世外，却对人生体察入微。他以避世姿态度过了80年的漫长岁月，把对人生的悲伤和超越，用奇绝的、自成一格的方式，给予了最为充分的传达。在他创造的怪异夸张的形象背后，既有基于现实的愤懑锋芒，又有超越时空的苍茫空灵。他的书、画、诗、跋、号、印隐晦曲折地表现出对不堪回首的故国山河的"不忘熟处"，使之在出神入化的笔墨中复归。内涵丰富，意蕴莫测，引发无穷的想象，也留下无穷的悬疑。甚至他的癫疾也给他的艺术染上了神秘诡异的独特色彩。他以豪迈沉郁的气格，简朴雄浑的笔墨，开拓中国写意画的全新面貌而前无古人，获得至圣地位。作为特定历史条件下的产物，他的艺术有着跨越时空的力量，其画风远被数百年，影响至巨。300多年过去，"八大山人"这个名字广为世界所认知并且推崇。1985年，联合国教科文组织宣布"八大山人"为中国十大文化艺术名人之一，并以之为太空星座命名。

沿着历史的辙印，同遥远而又近在咫尺的灵魂对话。一地浅草，叮咛杂沓的脚步保持肃然。小桥流水人家不再，枯藤老树昏鸦不再，冰凉的血痕发黄的故事，在记忆的时空搁浅或者沉没。无形的火焰照彻隔世的寒骨，渐行渐远的呓语噙满泪水。翰墨中的血液和文字，潮水般倾泻。摇曳的草木，拨动飞扬的思绪。

古木参天，他也许就在树下冥想残山剩水、枯柳孤鸟、江汀野凫，挥洒旷世绝作，散与市井顽童老妪，换为果腹炊饼。

曾几何时，命运收回了锦衣玉食的繁华，雍容的胭脂顷刻褪色，苍白了面容。一个从广厦华屋走出的王孙等待的本是一场完满的落日。没有板荡时世，他就不会沦落于江湖，混迹于贩夫走卒、引车卖浆者流，也就不会平添给后世如此厚重的色彩。

太阳升起的时候，深院布满紫色的影子，一个耄耋野老被草率埋葬不知去向，生命在死亡中成为悠久的话题。

没有哪一处黄土能容纳一个旷世的天才。他的嶙峋的头颅，从云端俯瞰。在后人的仰望中，他将比他的遗骸存在得更久长，逃逸了腐朽，获得莫大的荣耀，传至深远。

经历无数跌宕的圣者在空中凝神沉思。贵胄的骨骼是他的结构，身心的磨难让他永生。他从东方古老的黑暗中站起，踏破了历史的经纬。历史有多么痛苦，他就有多么痛苦；历史有多少伤口，他就流了多少心血。

凭吊者仰面追寻远去的足迹。一切只能留给岁月去咀嚼。躺下的并不意味死亡，正如站着的并不意味活着。

一个圣者的死去，幻出生命流线炫目的光亮。一个瘦小的身影投向更大的背景，那该是一个民族艺术的精魂。

历史高筑起累累债务，压低后人的头颅，让思想湍急的河流以及所有的喧嚣在此立定。

他太显赫太巍峨，无数自命不凡的画匠只能以渺小的萤火点缀在他脚下。人们的问题只能是：有什么高度能超过这个人已经到达的高度？有什么深刻能参透这个人已经到达的深刻？世间又有什么荣华，足以换回曾经的风雨如晦无怨无悔？百孔千疮颠沛流离，跌跌撞撞疯疯癫癫，却以无比的厚重，压紧了历史的卷帙，不被野风吹散。

一边是人格的高峻，一边是艺术的隽永。岁月的不尽轮回和光阴的不停流逝，都不会让他完全死亡，他生命的大部分将躲过死神，在风中站立，在明与暗中站立，在时钟的齿轮上站立。

其二

中国画以象形字奠定基础，传说的伏羲画卦、仓颉造字，当是书画的源头。文与画在当初并无歧异。两千多年前的战国帛画，之前的原始岩画和彩陶画，奠定了后世中国画以线为主要造型手段的基础。

两汉和魏晋南北朝时期，社会由稳定统一到分裂，变化急剧。域外文化输入，与本土文化发生撞击及融合，绘画以宗教绘画为主。山水画、花鸟画在此时萌芽，始有绘画理论和品评标准。

隋唐时期社会经济、文化高度繁荣，绘画随之全面繁荣。山水画、花鸟画已发展成熟，宗教画达到了顶峰，并出现了世俗化倾向；人物画以表现贵族生活为主，并出现了具有时代特征的人物造型。

五代两宋又进一步成熟和更加繁荣，人物画转入描绘世俗生活，宗教画渐趋衰退，山水画、花鸟画跃居画坛主流。而文人画的出现及其在后世的发展，极大地丰富了中国画的创作观念和表现方法。

自唐宋以来，画家们师古与创新的探索一直延续。元、明、清三代，水墨山水和写意花鸟得到突出发展，文人画和风俗画成为主流。明代画坛沿着元代已呈现的变化继续演变发展，文人画和风俗画蔚成风气，并形成诸多流派；山水、花鸟题材流行，人物画衰微；水墨技法不断创新，进一步丰富了笔墨表现能力；创作宗旨更强调抒写主观情趣，追求笔情墨韵。

元、明、清绘画不断有新的高峰出现，形成了宋以后的辉煌。中国画在南北两宋及元初时代，临摹、刻画人物、画禽兽楼台花木，与写实主义相近，自从学士派和文人专重写意，不尚肖物这种风气初倡于元末的倪云林和黄公望，再倡于明代的文征明和沈周。到了清朝的"四王"更加以强调。

明末清初的社会剧变，给中国书画史带来了意外的收获，出现了一大批崇尚艺术的伟大画家及其名垂千古的伟大作品。八大山人正处在这个特殊的历史时期，他的一生，创作了数以千计的书画作品，他以大笔水墨写意画著称的绘画为中心，对于书法、诗跋、篆刻也都有极高的造诣，取得了卓越成就。他作为皇族后裔，造就了他抒发倔强的不言之意的精练纵恣的笔墨和飘逸冷峻的画风。他将真情实感融入笔墨，将强悍的个体人格直接外化于丹青，天才独运地用绘画形式表现自己痛苦人生的复杂情感，突破前人窠臼，使陷于僵局的文人画焕然鲜活，撼人心魄远胜于此前的中国画。以其卓越的实践才能、独特的艺术风格，成为中国文人画的最高峰、中国画现代化的开山鼻祖、中国美术史开创一代宗风的宗师。他在让自己的灵魂从艺术中得到安慰和解脱的同时，把中国书画艺术推到了一个空前的高度。

　　300多年来，八大山人的书画艺术，从以石涛为代表的一大批艺术家们的推崇开始，至清中叶，扬州八怪在学习与借鉴八大山人艺术后所形成的别样风格，构建起中国画的一个新生代的承续系列。使得这些后来者们在美术史上占有不可忽视的地位，而郑板桥"八大山人名满天下"的总结，更让后来的艺术家对八大山人及其作品顶礼膜拜。站在模糊远处的八大山人，让几百年后的大师想要做他的仆人甚至"走狗"。

齐白石在一幅画的题字说：

青藤、雪个、大涤子之画，能横涂纵抹，余心极服之。恨不生前三百年，或为诸君磨墨理纸，诸君不纳，余于门之外饿而不去，亦快事也。

又有诗：

青藤（徐渭）雪个（八大山人）远凡胎，

缶老（吴昌硕）当年别有才。

我愿九泉为走狗，

三家门下转轮来。

八大山人书画的艺术品质穿越时空，始终是后人在艺术探索上的一盏明灯。他的大写意，严整而奔放，后人能学其一二即可有所造诣。清代的"扬州八怪"，近现代的吴昌硕、齐白石、张大千、潘天寿等巨匠，均皆如此。这种光芒四射的影响，一直延续到晚清。赵之谦、任伯年、吴昌硕、齐白石等秉承八大山人艺术思想、方法的艺术家赫然崛起。进入 20 世纪，齐白石、林风眠等一大批追随者，又无不各自师八大山人心、师八大山人道，在承接八大山人超越时空的艺术观念并得以开示后，各自成家，形成了另一个享誉世界的近代中国绘画群体。

中国画"画分三科"，人物、花鸟、山水，概括了宇宙和人生的三个方面：人物画所表现的是人类社会，人与人的关系；山水画所表现的是人与自然的关系，将人与自然融为一体；花鸟画则是表现大自然的各种生命，与人和谐相处。三者之合构成了宇宙的整体，相得益彰。这是由艺术升华的哲学思考，是艺术之为艺术的真谛所在。欣赏中国画，先要了解画家的胸襟意象。画家把自然万物的特色，先储于心，再形于手，不以"肖形"为佳，而以"通意"为主。一山一水、一树一石、一台一亭，皆可代表画家的意境。

中国书画艺术的伟大性，只有站在整个人类艺术史的坐标系来科学地观测时，才能清楚地认识到。八大山人的艺术世界，是一片属于人类审美智慧巅峰的绝妙风景。中国画历史中皇炎炎其巨灵者，首推八大山人，将他置诸世界艺术史，亦卓然而称伟大。对于习惯了西方审美而对中国画的理解停留于形而下的古董欣赏阶段的人，当他驻足并发现代表东方最高文化修养和艺术水准的中国画时，那种视觉的震撼和心灵的感动，那种深层智慧的领会、反思与启发，无疑是难以形容的。

八大山人襟怀磊落，慷慨啸歌，爱憎分明。他从不屈服于权势的精神，历来为人们赞赏与称颂。他饱受世态炎凉、人情冷暖，孤僻忧伤，离群索居。难以解脱的情怀无处倾诉与宣泄，只能付诸笔墨。其生命的独特悲怆在书画里任性释放，其灵魂的孤绝历程在书画中曲折传达。进入他的艺术世界，就如同走进一个超越理性思维之外的怪异世界，神奇而微妙，平凡而伟大，笔墨多变，寓意深刻，笔触中放射出极灿烂的异彩：其诗文奇奥幽涩，书法遒健秀润，绘画精妙奇特；他依靠心性的真善，揭示自然的大美，阐发艺术的本质；他传统而现代，极古而极新，他的或悲或喜的生命信号照亮了广阔的天际，受到世人由衷的崇敬。

对八大山人艺术全面而透彻的研究和思考，从根本上改变了西方人对中国画的简单化理解。20 世纪以来，尤其是上世纪 50 年代以后，八大山人在世界范围内赢得了一片赞誉，"八大山人学"蓬勃兴起。随着时间的推移,这位艺术巨匠、画坛泰斗,日益受到世人的瞩目与推崇。海外的书画界,把八大山人与音乐之魔贝多芬、绘画之魔毕加索相提并论,称之为"东方艺术之魔"。无论这在多大程度上都是一种事实,有一点是毋庸置疑的,那就是,经由八大山人以及由他所代表的中国绘画艺术所表现出的智慧的高超和优越,是无与伦比的。

我们说八大山人是一个谜,并不等于说他是不可捉摸的。"美"是一切艺术家必须遵守的终极原则。循着这样的理路,我们就完全可以廓清八大山人的人生履历与艺术行踪。

八大山人一生以主要的精力从事书画艺术,他留传于世的风格鲜明的书画作品,清晰地凸现着一位艺术天才的真正面目及其伟大灵魂。这就是为什么人们对于八大山人思想与艺术成就研究的歧见,少于其生平名号的争论。

设非其人,绝无其艺。八大山人是纯粹艺术的先行者,他几乎是完整地将自己的生命意识和人格精神注入了书画艺术,或者说,书画艺术就是他生命的本身。没有八大山人的才情、学识、际遇、功力,尤其是没有八大山人的人格,就没有八大山人强烈的艺术个性、非凡的艺术创造及其彪炳千秋的书画。八大山人的艺术世界是一个特异的审美空间，认识它需要的不只是眼睛，还有心灵的观照；八大山人精神的象征性、艺术的表现性、造型的抽象性等外在形式的后面，是一个非凡的完整的人。走近他，我们就会明白什么是社会、什么是自然、什么是艺术、什么是艺术家、什么是人类旷古永恒的追求。

"古者富贵而名磨灭，不可胜记，惟倜傥非常之人称焉。"（《报任安书》）司马迁之言，用来形容八大山人，一样适当。

因了八大山人，有人诘问：如今，技巧替代了精神，艺术家大都痴迷于"术"，而忽略了"道"，我们还能再找到一个能够为天人境界隐遁苦修的艺术家吗？还有多少现代画家能以这样的笔墨简练、画意高古、千里江山收诸寸纸、生命与天地同寿与日月争光的强健给我们以如此的震撼？有识之士慨叹"返视流辈，以艺事为名利薮，以学问为敲门砖，则不禁触目惊心，慨大道之将亡。但愿虽不能望代有巨匠，亦不致茫茫众生尽入魔道"。

诚哉斯言！

八大山人是一座不可翻越的高山。人类的灵智，一旦聚于一人之身，则他所达到的高度一定是空前绝后的，其后数百年、数十代人也难以逾越。历史上遭遇家国之不幸如八大山人者多了去了，在中国古代画家中，人生经历像八大山人这样凄惨的人也并不少见，但是不是具备把它外化为生命本体悲剧的色彩和线条的能力，就是另一个问题了。

"学者如牛毛，成者如麟角。"（《北史·文苑传序》）美术史上只能出现一个八大山人！

"烟涛微茫信难求。"（李白《梦游天姥吟留别》）伟大艺术和伟大艺术家产生的道路是多么渺茫，因而是多么珍贵。

长期以来，人们之所以如此艰难却又不弃不舍地追寻这位伟大艺术家飘忽孤绝的踪影，我相信是在物欲横流、人格沦丧的时世中，想要呼唤：

八大山人，魂兮归来！

"八大山人"是个说不完的话题。

八大山人早已死了。八大山人会一直活着。

（原载《上海文学》2013年第9期）

06

前辈们

◎汪惠仁

渔父与屈原

《渔父》及其相关段落,《文选》和《古文观止》里都有收载。

很短的文章,至今无法断定作者是谁。

在《古文观止》之后,假如又将出现汉语散文的"权威"选本，我猜想，《渔父》还是会被收入其内。

如果带着对爱国诗人的某种特别情感进入阅读，我们会发现，《渔父》给了我们"意外"的收获。渔父莞尔而笑，诗人形容枯槁——作为不同"观念"的人，他们被生活铸造的面容是那样的不同。但奇怪的是，无论是倔强的诗人，还是试图开导诗人的渔父，尽管持抱不同，但言辞之所谓冲突尺度温婉，并没有溅出火药味：屈原没有指责渔父为无耻小人，渔父也没有以"躲避崇高"的油滑智慧刻薄嘲笑屈原。倒是有点像孔子教导的"亦各言其志也"。

这有些接近理想中的自由的写作了。语义在表层发生冲突，而在价值实质上并没有落入"零和博弈"。目送渔父鼓枻而去，在渐渐渺茫的古歌声里，我们在整合着由"圣人"文化观而衍生的生活种种。

王羲之

越来越多的作家在写毛笔字。这不是坏事，一切有助于我们加深汉语体验的行为，都不是坏事。坏在自大，坏在无所不能的感觉。你可以说你爱上了书法，但我建议，你最好不要把自己的字流畅、略无智力阻碍地称为书法，好吧？

王羲之是知名度最高的书法家，正因如此，他也常常作为书法"革命"的靶子。作家是最能为自己辩护的人，他们深知艺术江湖的"红人"法则，那便是把事情闹大。把书圣拉下马，是简便易行的法子。

王羲之是谁？关于他的生平、他的文章、他的书法成就，毫无疑问，都是有确切的史料记载的。问题是，没有谁能够确证他的书法真迹何在。这一公案，自唐以来就悬而未决，非近代以来新生。不错，《兰亭集序》《集字圣教序》《快雪时晴帖》等等，皆是法帖，但在诸帖里浮现的，只是与王羲之相关联的精神演绎。我们的书法史，从来没有活捉过真实的王羲之。这就是王羲之最大的贡献。他只是一个凝结核，他引发了一个民族的想象力。怀仁和尚用数十年来拼接散佚在时空中的那些点画，他想再现王羲之的萧散风神。这不是徒劳，功德也不是还原了那个伟大的书圣，怀仁的功德在于开启了一个充满创造性的活力序列，只不过，这一序列以书圣为名。

王羲之是创造性、想象力得以汇集的名义，他不是哪一个江湖人士走向"成功"的拦路虎。

为什么非得与王羲之较劲呢？他不会参加书法家协会的竞选。他只是一个与人类普遍情感相关的旋律。

作家之中当然有很好的书法家，我只是想说，无论哪个门类的艺术，如果你根本还没有汇入那个隐性的创作性的序列，那我们是没有资格选择我们的假想敌的。

苏轼

苏轼的庐山禅诗，最有名的是《题西林壁》《观潮》及《赠东林总长老》，传播最广的当是"横看成岭侧成峰"这首。和其他两首相比，这首的"方法感"更为强烈，这容易对世俗人生构成指导效益。"不识庐山真面目，只缘身在此山中"在传播途中，从最初的作者旨在"莫向身外求""破执"而"解脱"，不断获得阐释学上附加的世俗意义，一直延展到人们为找到通向外在成功之路而挂在嘴边的反思式口头禅。

相比之下，另两首就很难被"成功学"等世俗智慧吸纳成自己的思想资源。"到得还来无别事，庐山烟雨浙江潮"，悟同未悟，同而不同，其中精微，又有几个人能细细体量？更有"夜来四万八千偈，他日如何举似人"，几乎放弃了与俗人沟通的意愿。

禅思很难用几个声调响亮而意义边界明确的词汇喊出来，于是苏东坡乃用组诗来隐喻禅思。"夜来四万八千偈"，那些飘忽、闪烁的力量在静夜里出现，多么像遥远的恒星——它们也是闪烁的，在夜幕中，它们没有行星光亮——但我们应该知道，强大的能量与引力场来自恒星，它们在无边的时空里寂寞地燃烧。我们无法想象它们熊熊喷射的火焰的高度，但我们应该知道它们在，它们一直都在，尽管用我们的肉眼看去，它们那么的渺茫与闪烁不定。

还在留意并建构恒星般言语系统的人少了。

好的理想的阅读，应该留意"行星"文本背后的"恒星"般的力量。

好的理想的写作，应该抓住那渺远的光芒，即便这光芒微弱，即便有可能被误读，也还是要抓住这光芒。

——因为这渺远的微光来自恒星般的庞然存在。

卢梭

卢梭在《忏悔录》中说到"我"与泰蕾兹相识并结合的那段文字很有趣。他这样介绍泰蕾兹：

我费了一个多月工夫教她看钟点……她从来也搞不清一年十二个月的顺序，不识一个数目字。她不会数钱，说话时用的字眼常和她所要表达的意思相反，我曾经把她的词汇转述给卢森堡夫人取乐……然而，这样迟钝的一个人，在我处于困境之时却是绝好的参谋。

卢梭说，"我"闭着眼睛往火坑里跳的时候，是泰蕾兹这个文盲把他解救了出来。

我想，在泰蕾兹身上可能有着"天赋"的影子。尤其是表层意义上的"天赋"，更能激起大众的兴趣，比如，在卢梭的笔下，泰蕾兹能预知某种人生困境。

我们更习惯于把"天赋"安放在另一类人身上，比如作家。

中国很早就有文曲星下凡的说法，只不过，在我们的文曲星那里，"天赋"持久地被误读着。最容易被广为接受的"文曲星"的天赋是"善辞章"，这好理解，语言的天赋。但在中国，文曲星真正得以深入人心乃至成为口头禅的缘由，却并非天赋之才艺，而在于另一种肃穆的仪式：读书人通过对文曲星的祭拜以期博取功名。前有比干，后有张亚子，他们以读书人的肉身，被供奉在文曲星的庙堂，而他们一再被祭拜的理由却是"忠烈"和"孝德忠仁"。

我们想象中的"天赋"的光芒，在这种肃穆的场景中变得微弱。"天赋"被另一种语言系统转述之后，变得不再是它自己。

"天赋"应该建立自己的语言系统，而和这一系统最为靠近的，就是文学了。

王国维

曾经读过王国维《文学小言》的请举手。在一个交流会上，我做了一个小调查，七十人，无一举手者。再问《文学改良刍议》及《文学革命论》，情形就大不一样，有人读过，没有读的，也知道名字。

毕竟，知道"五四"及《新青年》杂志的人不少。

虽然在交流会上我说，没有看过《文学小言》也并不可耻，但交流下来，心里还是有点空落落的。应该知道啊，它是中国近现代文艺美学的经典文献。

胡适、陈独秀先生的文字先天占有"革命""改良"等历史主题而广为流布，这很自然。近现代中国文学经典化的优先视角便是政治文化视角。王国维的"小言"比胡先生的"刍议"及陈先生的"革命论"早面世十年有余，是纯粹的美学视角。与历史、政治话题相比较，美学话题总是显得"不过瘾"。

但"小言"里一样有着"革命"的不安的灵魂，只不过，它是以美学的名义。若以"新民"人格的构造质量来理解国家之进步，我觉得，王国维先生的"小言"对写作者"新民"人格的培育、警示的深度与广度，都远远超越了胡、陈两位先生。

大先生

十月的假期没有出远门，但总得转转吧，我去了人民公园。

我来天津三十年了，第一次到人民公园。人民公园的灰色花砖围墙我并不陌生，骑车路过时我常常会放慢一点脚下的节奏，看看从墙头探出身来的植物枝叶，或者听听票友们吊嗓子的尖音。

从公园大门进去，才几步，就想笑出声来。记起萧红回忆鲁迅先生说公园的那个片段了，鲁迅先生这么说："公园的样子我知道的……一进门分作两条路，一条通左边，一条通右边，沿着路种着点柳树什么树的，树下摆着几张长椅子，再远一点有个水池子。"当我站在左右两条路中间试图选择路线时，真的想笑——事实上，此时，我向右边略微张望了一眼，仅仅此一眼，真的就看见了那个水池子。于是我点起一支烟，在树下摆着的长椅上坐下，小声用绍兴口音模仿大先生说这段话时可能的样子。

笑的原因，乃是因为眼前之景不但"如此"，而且"果然如此"。说话之难，难在你要说的已经被别人说得很好了，而那些明明在那里的事情我们却无力道破。

如此，文章若能揭示"如此"，若能指给世人看，我眼里世界是这样的，已经是好文章了；"果然如此"，则又递进了一层，不要误以为这仅仅是文学阅读之接受美学里的事，它对言说者本身就暗含着要求，它要求言说者既在"如此"的结构之中又在

"如此"的结构之外——我想，这才是不用发出嚎叫声的真正的解构。

不知解构者，以为解构就是颠覆。知解构者，当知解构亦是为了致良知。

陀思妥耶夫斯基

陀思妥耶夫斯基有过一个写作计划。这计划写于1877年12月24日。他还在这一则记事上特别标明"牢记""终身莫忘"。计划只有非常简明的四句话，抄在下面：

一、写一部俄国的老实人。

二、写一部耶稣基督传。

三、写一部回忆录。

四、写一部人死后四十天的小说。

彼时陀氏五十六岁，还没有写出《卡拉马佐夫兄弟》。这样的年岁，又是在一个年底，心里生出这样的一个计划，倒也自然。即便不是写作者，年底也往往是"悲欣交集"或者"励志"的恰当时候。但颇值得注意的是，在陀氏的计划中，他暗示了有别于普通"励志"的四个写作维度，而这四个维度与我之所谓"好的文学"紧密相关。

彼得大帝改革之后，知识阶层渐渐拆除了闭锁俄罗斯思想的万里长城，积极干预现实，设法获取重新打量俄罗斯的勇气与视角——而这一切都以珍惜俄罗斯的名誉为责任出发点。这是我理解陀氏写作计划的第一个维度；第二个维度、第三个维度，可能无须我解释了，耶稣基督传和回忆录寄托着写作者对写作精神底色的自证意志；第四个维度，我想它体现了陀氏向经验叙事之外开拓的雄心。爱伦·坡的作品初次介绍到俄罗斯，陀氏不惜笔墨费心费力地向俄罗斯读者推荐，这也不是偶然的，想象力与一定程度上的叙事冒险是所有写作者生来即应有的"本能"。

如果您在去年的年底也有过写作计划，现在，不妨与陀思妥耶夫斯基的这个计划对照一下。

董鼎山

这纪念里大概有两层意思。

一层是大陆读书界恐怕都明了，也达成共识的，那就是三十多年前，他以纽约客的身份向大陆传递欧美文化讯息，这是了不起的功德，这是比单本文学作品翻译还要有意义的事，他让彼此相互屏蔽信息的不同文化系统有了深入交流的可能性。他做的，是系统性的文化翻译，而且是尘埃未落定的难以以后来史家眼光厘清的当代文化的翻译。这是极有难度的分量极重的文化任务。

另一层意思则关涉董先生以及类似董先生这样的汉语的海外流散写作。如果把三十多年前直到现在的中外文化交流看作是带有某种天命意味的互动（因为封闭的文化系统间迟早会发生融合），那么董先生以及类似董先生这样的人，在领受天命之后，个人的天赋被强劲激活，汉语重新浮上心头。他们的写作从汉语出发，最后又回到汉语，他们以地理之远终归母语之近。海外流散文学是全球汉语写作格局里极有魅力的部分，它让天命与个体心性结成一个果实；而董先生的离去，也让我们愈加清晰地看到，汉语写作需要如何的再生长，而汉语又如何启动它的潜能。再读读苏东坡的几句话，我们是否别有所思：

"松柏生于山林，其始也，困于蓬蒿，厄于牛羊；而其终也，贯四时，阅千岁而不改者，其天定也。"

陈忠实

在《散文》的卷首里，曾经为一些作家写下纪念的文字。巴金、孙犁、苇岸和史铁生。巴金先生是拿着手术刀解剖自己的人；孙犁先生则有着清峻风神；苇岸和史铁生皆是通灵人物，他们病痛的躯体上长出了通往自然和真理的智慧。

今天，必须要写下对陈忠实先生的纪念。

陈先生去世所带来的反响，其广泛性超出了我们的想象：官方、民间，海内、海外，各方的真情都带着与之匹配的仪式献给了陈先生。

当面馆里的师傅也赶到纪念现场的时候，我们有理由相信那个宏大的说法了——人民，怀念他。

《白鹿原》是伟大的，所以它的作者值得怀念；但我觉得，人们对陈先生的怀念，业已超出对一个优秀作家的怀念——那些我们可能未曾逆料的情感，也是献给陈先生的，献给即便没有作家这一光环加持的陈先生。

我与陈先生没有过密切交往。记得十几年前，有幸与他同访麦积山——真是匆匆一见，我们挤在天水的一个小房间里开研讨会，会后冒雨仓皇赶到一处还残存着二十世纪八十年代气息的餐厅，匆匆果腹，便奔赴麦积山——然后，他回陕西，我回天津。当时，我们站在石窟下面，我对陈先生说，您一定不敢上去。陈先生说，为什么？我说，大师都是恐高的。

我记得，他当时朗声大笑——笑声真的很大，在山谷间回荡。

奈保尔

有一幅描述世界各国国民生产总值地位变化的动图，网上媒体通常用它来显示我们改革开放四十年的成就。动图配着心跳一般的鼓点：一开始是悠闲散漫的，格局只是微调，强弱总体固化，相安无事；但进入二十世纪八十年代，鼓点节奏渐渐变快、音高音重逐步变强，一条迅速上升的红线直观勾画出格局的大变。像个体能永无穷尽的运动员，中国发起了冲刺。

经济指标是描述生活变迁的显性指标，国民生产总值又是经济指标中的尤为显性者。但它不是生活的全部。

刚刚去世的奈保尔，他的生平，他的癖好，他被批评界定义为后殖民语境下的文学实践，为我们提供了丰富的谈资。他在亦真亦幻影子自传般的叙述中透露出的诗心，是我最为看重的。奈保尔的米格尔大街没有创造经济奇迹，但一个少年在此地与诗人结下深厚缘分，学会了在显性指标之外去看待世界，学会了被庸常人生屏蔽的深层感动。

能够用以证明四十年来之生活的，不仅仅有经济的显性指标，还应该有来自"诗心"的考量。奈保尔笔下的诗人沃兹沃斯在离世之前，告诉少年最后一个故事并要求少年听完即马上回家。少年免于被死神惊吓，却从诗人最后的故事里知晓了真相、虚妄以及爱。

我们有无数条繁华远胜米格尔的大街，但这些大街里缺少的，是奈保尔笔下的这样的少年和这样的诗人。

孙犁

这段时间，我的主要精力一直投在孙犁的"书衣文录"上。未印行面世的书衣文录尚有不少，需要集中整理一下。拍照、归类、比对、辨认手写字迹，然后录入、排序，一千多页，虽然繁杂，但隐约觉得自己和同事在做一件有功德的事。

与此同时，《散文》的同事们正为杂志四十年做纪念文集，反复斟酌，百人百篇，定下篇目之后，大家一起谈谈编后感想——四十年，一路看过来，感想自然很多，但给我印象最深的，是一个同事不绕弯子地表达了对孙犁的钦佩，他说，《乡里旧闻》是其中最棒的一篇。

我们无意于挑战当代文学作家之既有排位，我们只是想说出于写作有益的东西。

孙犁是个倔老头，但这个"倔"不是封闭得来的，恰恰是经由无数次与世界的对话得来。从司马迁到鲁迅，从《世说新语》到唐传奇再到纪晓岚、蒲松龄，从纯正名门到如野草般生长的人间杂项知识，这些都是孙犁的对话对象。所以，他的"倔"，给他带来的是阔大的沉静。

眼下，如我们每个人所见，关于世界、生活与文学的论争是激烈而丰富的。偏的姿态，燃烧的姿态，并不罕见。但遗憾的是，缺乏源头活水，缺乏对话的诚意，偏只成为一个性格缺陷，没有走向阔大，没有走向沉静，没有走向孤独——吊诡的是，这一种偏，正在江湖上热闹地结盟，走向疯癫。

也许，世界上并不存在盼着人类生活不美好的思想。警惕自己陷入疯癫，比警惕他人是否正确更重要。

翁偶虹

翁偶虹先生的《北京话旧》，知道的人不是很多。想了解旧北京的生活形态，其实这是一本很好的书。翁先生的文字充实而有光辉，殊为难得。比如写消夏听曲：

"更有盲目艺人或随师歌女，两三成行，弹弦敲鼓，串巷鬻唱。嗜曲者可延至家中，计时付价，几吊铜板，即能唱彻午夜。"

《北京话旧》约有三分之一的笔墨花在了让人也许意想不到的地方，翁先生不辞辛劳，细致记录了各个月份一天中的市井

"货声"。翁先生认为人间的叫卖声很美。正月初八，你必听见这样的货声：

数灯支碗儿来——

翁先生解释，正月初八，北京习俗家家顺星，燃灯一百零八盏，盏名灯支碗儿，大小如酒盅，高足，裁灯花纸，搓灯捻，浸以香油，捻端裂五瓣，置于碗内，定更后燃之。

买者必足一百零八盏之数，故货声曰数。

在日常生活的合法性得到确认之后，的确有太多的趣味空间等着我们去打开。近年来，参加过不少文学书刊推介会，有一次和文友说笑，我就讲，翁先生若还在世，必记录这眼下文学的叫卖声：

著名的，活的，大作家欸，现场签名本来——

有什么不能入货声的吗？文学也可以叫卖的。古代著名文人作文做官一样也有着俗世经营之心，我们不用一惊一乍地认为这都是现世怪状。只不过，写作者、出版商和读者，应该明白，不要让签名本、分享会、榜单占用我们太多精力。不要只继承时空里为我们备下的经营性资源与遗产，那些寂寞的良苦用心也要我们去深深体会啊。在借用"不入虎穴焉得虎子"时，皎然的指向，是在于为攀登精神高度而付出的苦思。他的用意在此，不在别处。

雅集

春天是雅集的好时节。

兰亭集、金谷集、西园集、天庆寺集，自晋至元，雅集传薪，风骚接序，可谓千古美谈。这些雅集，因为天才的参与，成为艺史上的传奇。而这些天才，王羲之、李太白、苏东坡等等，也因为参与了雅集，才在世俗生活史上为后人留下了亲切可感的一瞬。

但我以为，古典时代之雅集，我们似乎也无必要过于追摹。无非王公贵族设酒食，召开小型"文联"会议耳。

太多的东西被理想化地谈论了。比如雅集里来了僧人与道士，在副食品魔力的召唤下，他们与儒士们坐到了一起——后来，这场景是极有可能被用来证明儒释道三教合流的。

雅集是俗世里的故事，即便在诗礼茂盛的古代。这毕竟是一个虚荣心发酵的所在，诗书画只是点缀，参与者以此各窥人生诗意之方便门而已。《兰亭集序》当然是好文章,《春夜宴桃李园》也当然是好文章,东坡居士的圆融通达也自当为读书人千古模范,但雅集的其他产品呢,轻巧轻浮之作还是居多。

（原载"百花文艺"公众号 2020 年 10 月 10 日）

07

人物册子

◎胡竹峰

钱玄同

钱玄同貌古，看其照片，有青铜黑土味，不像南方人。钱玄同是浙江湖州人氏，那里人说话娉婷袅袅，十分悦耳。想到钱玄同，脑海立刻冒出梅兰芳的京剧。心想那么个人物说一口吴侬软语，在民国学林倒也独树一帜，真像舞台上改装易容的梅先生。

读来的印象，钱玄同颇痴，愚顽得近乎可爱，虽说是新文学阵营里的斗士，很多地方纯然老夫子。章衣萍《枕上随笔》中写他生平不懂接吻。一日，和几个朋友在周作人家里闲聊，钱问：接吻是男人先伸嘴给女人，还是女人先伸嘴给男人？两口相亲，究竟有什么快乐和意义呢。座上有客，欣然回答：接吻，有女的将舌头加诸男的口中者，有长吻，有短吻，有热情的吻，有冷淡的吻。钱玄同听了，喟然叹曰："接吻如此，亦可怕矣。"

钱玄同丝毫不同，分明心异（鲁迅曾戏称钱玄同为金心异），其号疑古倒是说明了他的个性。值得一提的，他虽然是文学革命的功臣，却有勇无谋，话一往深刻里说，就露出过激的浅薄来。钱玄同当年积极主张汉字改革，认为汉字难认、难记、难写，不利于普及教育、发展国语文学和传播科学技术知识，主张废除方块汉字。因此颇有些人看不起他，鲁迅就批评他十分话常说到十二分。

钱玄同说话总是矫枉过正，仍然不改一个浅字或者说书生意气。知道其为人的朋友，大多懒得和他顶真。钱玄同早年认为人到四十就该死，不死也该枪毙。1927年9月12日，正当他四十周岁，胡适、刘半农等朋友准备在《语丝》杂志上编一期《钱玄同先生成仁专号》，并且撰写了讣告、挽联、挽诗和悼念文章。专号后来没有编成，胡适不罢休，作了首《亡友钱玄同先生成仁周年纪念歌》开他玩笑。鲁迅后来在《教授杂咏》里也戏谑道："作法不自毙，悠然过四十。"

钱玄同是白话文运动的主将，古文家林纾曾作文言小说《荆生》《妖梦》攻击过他。《荆生》篇写三个书生：一为安徽人田其美，影射陈独秀。二为浙江金心异，影射钱玄同。三为狄莫，影射胡适。小说写三个人在陶然亭畔饮酒放谈，骂孔孟，骂古文。"伟丈夫"荆生进来把他们痛打一顿，咆哮说："尔敢以禽兽之言乱吾清听！"田其美刚打算抗辩，荆生用两个指头按住他的脑袋，如被锥刺，然后用脚践狄莫，狄腰痛欲断。金心异近视眼，荆生把他眼镜取下扔了，金则怕死如刺猬。

文白相争的早期，完全是你死我活势不两立的架势。

中国语音文字学方面，钱玄同有突出贡献：

一、审定国音常用字汇（历时十年，合计一万二千二百二十字）。

二、创编白话的国语教科书。

三、起草《第一批简体字表》（计二千三百余字）。

四、提倡世界语。

五、拟定国语罗马字拼音方案。

此外，他执教近三十年，开设过"古音考据沿革""中国音韵沿革""说文研究"等课程，为中国语言学界培养了大批英才。这些年民国人物颇受追捧，但钱玄同一直是冷门人物。潜心学问、安贫乐道的学者，事过境迁，就这样默默湮没在洪荒中。

钱玄同属于新文化阵营里的人物，骨子里还是旧派名士。钱玄同口才出众，用普通话讲课，深入浅出，条理清晰。他身材不高，戴着近视眼镜，夏天穿件竹布长衫，腋下夹一个黑皮包，走到哪里，哪里就响起了高谈阔论的声音。张中行当年在北大听学，曾以口才为标准排名次，胡适第一，钱玄同第二，钱穆第三。

张中行晚年回忆说："第一次考钱先生这门课，上课钟响后，钱先生走上讲台，仍抱着那个黑色皮书包，考卷和考题发下之后，他打开书包，拿出一叠什么，放在讲桌上，坐在桌前一面看一面写，永远不抬头。我打开考卷，看题四道，正考虑如何答，旁坐一个同学小声说，好歹答三道就可以，反正钱先生不看。临近下课，都交了，果然看见钱先生拿着考卷走进注册科，放下就出来。后来才知道，期考而不阅卷，是钱先生特有的作风，学校也就只好刻个'及格'二字的木戳，一份考卷盖一个，只要曾答卷就及格。"

钱玄同这套无为而治的方法，到燕大时行不通了。燕大由美国人主事，人家较真，说按照学校规定，不改试卷扣发薪金。钱玄同一听，把钞票和试卷一起退回，附信说："薪金全数奉还，判卷恕不从命。"

学生上钱玄同的课，来去自由，爱来不来，悉听尊便。上课时，钱玄同从不看学生有无缺席，笔在点名簿上一竖到底，算是该到的全到了。

钱玄同为人随和，与学生称兄道弟，写信每称对方为先生，说先生只是男性的通称，犹英文的 Mr.。有学生起了误会，说钱先生不认他为弟子，是摒之门墙之外的意思，钱玄同后来只得改口了。

钱玄同怕狗，每次去刘半农家，倘或看见那条小黑狗在门前蹲点，必定等刘家孩子把狗引走，才敢进门。黑狗，可谓其一生最惧之物也。

钱玄同书法好，棱角磨圆了，像扬州八怪里的金农，秀润富态。这样一个人，只活了五十二岁，真可惜。

王力

民国文体家，两个人未曾深入，一个俞平伯先生，一个王力先生。此二人后来热衷学术，没能在文章之路上走远。这是中国学术的幸运，也是中国文章的损失。

文体家是天赋，有前世注定的意思，学问家差不多可以修，有今生努力的味道。文体家是天才，学问家是大才。朱光潜给梁实秋写信说："大作《雅舍小品》对于文学的贡献在翻译莎士比亚之上。"言下之意是说翻译工作他人可代，《雅舍小品》则非你莫属。

王力身上有些名士风度，两耳不闻窗外事，对政治不感兴趣。俞平伯先生童心未泯，给人感觉不够认真。王力正相反，在学问路子上，锱铢必较。俞是出世的，王是入世的。俞平伯活得像个艺术家，王力更像个有社会责任感的人文学者。

上个世纪 80 年代初，王力写过一篇《与青年同志们谈写信》的随笔。文中，感慨"十年动乱"，相当多的青年人在"读书无用论"的毒害之下，不懂得认真学习和正确运用语言文字，写信常常闹笑话。后来这篇文章选入人教版初中语文教材，我念书时学过。现在想起来，还记得文章写得苦口婆心，一片谆谆教诲。

现在人知道王力，基本是其语言学家的身份，忘了文章好手的面目。胡兰成早年有才子相，晚年骨肉棱角淡了，柔了，现出学者风范。人的相貌会被身份左右，徐志摩是典型的诗人样子，郁达夫一副小说家派头，齐白石天生一张中国水墨之脸，梅兰芳天生一张中国戏剧之脸，徐悲鸿长出了西洋画的味道，于右任则有草书风范，晚年李叔同一派高僧气度。有记者采访王力，后来在报道中说他"目光温和，笑容亲切，举止安详，表现出一个渊博的学者的优雅风度"。见过一些王力的照片，有学者气质，总是身着深蓝色中山装，有时候还会在左胸口袋处插一支钢笔。

拙作《衣饭书》前言写过这样一段话：

中国文章的羽翼下蜷伏着几只小鸟，一只水墨之鸟，一只青铜器之鸟，一只版画之鸟，一只梅鹤之鸟。不是说没有其他的鸟，只是不在中国文章的羽翼下，它们在草地上散步，它们是浮世绘之鸟，油画之鸟，教堂之鸟，城堡之鸟……王力的散文正是青铜器之鸟，其古意，有旧家具的木纹之美，如今回过头看那本《龙虫并雕斋琐语》，不能说多好，但毕竟是中国文章的产物，亲近之心还是有的。

王力最初的工作是小学教员，一个月拿三五十个铜钱，吃饭都不够。日子虽过得艰难，王力却表现出极强的能力，学友见他年轻有为，集资送其到上海念大学。1926 年，王力考入清华，在梁启超、王国维、赵元任门下。赵元任当时在清华讲语言学，王力毕业后留学法国，奠定了终身学术方向。

王力的看家本领是研究文言文，对中国古汉语有独到的领悟能力。他的书法和旧体诗在那一代人中算出类拔萃的。他所处的年代，中国传统文化被西方侵蚀，结果他一身好中文就显出古典的不凡。

抗战时期，王力开始在报纸上写一点小品文。旧学功底好，又懂外语，下笔成文，自有别人不及处，一出手很受欢迎。王力的文章谈及古今中外，从饮食男女到琴棋书画，从山川草木到花鸟虫鱼，写出了青铜器的古泽与青花瓷的清丽，在古典的堂奥间左右逢源，干净简洁，飘然出尘，潇洒入世。后来这些文章结集出版，成了一册《龙虫并雕斋琐语》。因为这本书，文学史谈到白话散文，常常把王力尊为一家。

王力的散文，说好是因为有特色，才华横溢，那些文字在中国古典一脉河水中浸润已久。说可惜是没有继续文章之路，文白交织有些拗口，用典太多，没能写出更炉火纯青的作品。

在《龙虫并雕斋琐语》中，王力大掉书袋且非常学究气。掉书袋和学究气都是作家的大忌讳，王力的了不起在于让文章从头到尾贯穿了浓郁的生活气息，让人们在书房美文中品味人间滋味。王力的《龙虫并雕斋琐语》和梁实秋的《雅舍小品》有异曲同工之妙，都是人生百科式的入世之作。

王力能听音辨人。上个世纪80年代，记者白描去见他，刚落座，王力说："你是苏北人，哪个县我可不知道。"又对同去的郑启泰说："你是客家人。"白描非常诧异。王力笑着说："我是研究语言学的啊。"

王力任广州岭南大学文学院长时，梁羽生在岭大读书，没有上过他的课，因为性喜文学，也常到他家中请教。后来也写文章说："他（王力）有一门'绝技'，和新来的学生谈了几分钟，往往就能一口说出那个学生是哪个地方的人。"这样的故事现在人

133

听来，基本都是传奇了。但这样的传奇不过是学术大家的牛刀小试。

王力懂得法文、英文、俄文。他的研究生问他："我研究汉语史，你为什么老要我学外文？"王力回道："你要学我拼命学外文。我有成就，就多亏学外文，学多种外文。"不知道这番话对那个学生可有启发。在王力看来，所谓语言学，无非把世界各种语言加以比较，找出它们的共同点和特点。这几乎是常识，但常识里需要一个人太多的付出与尝试。

从王力的身上能看到老一辈学者的努力。在清华大学当教授时，学校规定，工作五年可以休息一年，王力却利用休假到越南去研究东方语言。他在越南一年研究了越南语、高棉语，并写出专著。1970 年，越南的语言代表团来中国，向王力学习写《汉语史》的经验。经验介绍过了，他们发现王力对越南语的历史也很清楚，他们又请教写越南语史，王力先生只好又讲了一个上午。

"文化大革命"期间，王力被关进牛棚，按照他的说法是，对牛弹琴可以，但不能研究语言学了。走出牛棚后，王力不敢公开研究语言学了。那时候开门办学之风盛行，王力今天到这里，明天去那里，向工人讲授语言学。讲是讲了，但他们也未必能听懂，王力就把更多的心思放到写书上。写书仿佛做地下工作，至亲好友都不让看到。客人敲门，赶快藏起稿纸，陆陆续续，写出《同源字典》《诗经韵读》《楚辞韵读》等著作。王力对夫人说："我写这些书，现在是不会出版的。到了出版的那一天，这些书就成了我的遗嘱了。"两个人的心里黯然得很。这样的叹息，几乎是那一代知识分子共有的情绪。

除了文章与学术之外，王力还翻译了不少法国的文学作品。在不太长的时间里，出版了多部纪德、乔治·桑、左拉、莫洛亚等人的作品，还起意要翻译法国戏剧家莫里哀的全集，邮寄给商务印书馆。可惜这些书稿，在战争中毁了一大半。叶圣陶评价王力的翻译说"信达二字，吾不敢言。雅之一字，实无遗憾。"雅之一字，几乎贯穿了王力一辈子。文章、学术、翻译，均体现了第一流的文字功夫。王力的著作，不仅在学问知识上对人有帮助，文章本身也是很好的汉语教材。

说起王力翻译的中断，有个小插曲。当时清华大学惯例，专任讲师任职两年升为教授。王力两年专任讲师当下来，接到的聘书仍是"专任讲师"。跑去找系主任朱自清质问，朱笑而不答，王力只能回来反躬自问。想想自己讲授的专业，再看看这翻译出的一大堆法国文学作品，朱自清觉得他"不务正业"。此后，王力集中精力发愤研究汉语语法，不久写出一篇《中国文法学初探》的论文，任教第四年，升为教授。

王力治学严谨，有人向他请教明人朱良知《哭海瑞》诗中第二联"龙隐海天云万里，鹤归华表月三更"的隐喻所指，他表示，"我也讲不好"。

王力学术在 1980 年前一直是显学，家弦户诵。由于所谓的"附共"，海外出版他的著作和署名，在翻印时都给篡改了。《汉语音韵学》一书就曾改名为《中华音韵学》，著者改为王协，也有改为王子武的。

晚年王力多次说，暮年逢盛世，人生大快意事之类的话。说还有好多书要写，可以再写一百本书，真想多活几年啊！写诗自道：

漫道古稀加十岁，还将余勇写新篇。

王力先生生于 1900 年，死于 1986 年。

熟悉王力的朋友告诉我说，王力先生喜欢清水煮豆芽，不放盐，蘸一点醋，空口吃，真不像《龙虫并雕斋琐语》的文章。

老舍

　　梅兰芳演《晴雯撕扇》，必定亲笔画张扇面，装上扇骨登台表演，然后撕掉。画一次，演一次，撕一次。琴师徐芝源看了心疼，有回散戏后，偷偷把梅先生撕掉的扇子捡回来，重新裱装送给老舍。

　　老舍钟情名伶的扇子，梅、程、尚、荀四位以及王瑶卿、汪桂芬、奚啸伯、裘盛戎、叶盛兰、钱金福、俞振飞等人书画扇，藏了不少。老舍也喜欢玩一些小古董，瓶瓶罐罐不管缺口裂缝，买来摆在家里。有一次，郑振铎仔细看了那些藏品之后轻轻说："全该扔。"老舍听了也轻轻回："我看着舒服。"彼此相顾大笑。此乃真"风雅"也。舒乙著文回忆，老舍收藏了一只康熙年的蓝花碗，质地细腻光滑，底釉蓝花色泽纯正，另有一只通体孔雀蓝的小水罐。

　　老舍一生爱画，爱看、爱买、爱玩、爱藏，也喜欢和画家交往。30年代托许地山向齐白石买了幅《雏鸡图》，精裱成轴，兴奋莫名。和画家来往渐多，藏品日益丰富，齐白石、傅抱石、黄宾虹、林风眠、陈师曾、吴昌硕、李可染、于非闇、沈周，他在北京家里客厅西墙换着挂，文朋诗友誉为老舍画墙。

老舍爱画也爱花，北京寓所到处是花，院里、廊下、屋里，摆得满满当当，按季更换。老舍说花在人养，天气晴和，把这些花一盆一盆抬到院子里，一身热汗；刮风下雨，又一盆一盆抬进屋，又是一身热汗。老舍家客厅桌子上两样东西必不可缺，一是果盘，时令鲜果轮流展出，二是花瓶，各种鲜花四季不断。老舍本人不能吃生冷，但对北京产的各种水果有深厚的感情，买最好的回来摆在桌子上看看闻闻。

老舍爱画爱花的故事听了心里欢喜，这是真正的舒庆春。老舍的面目、茅盾的面目、鲁迅的面目，几十年来，被涂脂抹粉，早已不见本相。

大陆有人在乡间小学当校役，成长期碰到"文化大革命"，没有受过正统教育，文笔却好得惊人。亦舒说她从来没有兴趣拜读此人大作，觉得这样的人难有独特的生活经验和观点意见，认为文坛才子是要讲些条件的，像读过万卷书，行走万里路，懂得生活情趣，擅琴棋书画，走出来风度翩翩，具涵养气质。老太太说话锐利了一点，却有道理。文章品位得自文化熏陶，头悬梁锥刺股，囊萤映雪，乃至朱买臣负薪读书，求的还只是基本功，未必能成大器。钱谦益说：

> 文章者，天地英淑之气，与人之灵心结习而成者也。与山水近，与市朝远；与异石古木哀吟清哽近，与尘埃远；与钟鼎彝器法书名画近，与时俗玩好远。故风流儒雅、博物好古之士，文章往往殊邈余世，其积习使然也。

钱谦益读的书多，气节上暂且不论，见识不差。

文行出处，此四字不能忘。古玩字画吹拉弹唱，读书人懂一点好，笔下体验会多一些。老舍手稿我见过，谈不上出色，比不上鲁迅比不上知堂，也没有胡适那么文雅，但好在工整。前些年有人将《四世同堂》手稿影印出版，书虽早已读过，还是买了一套，放在家里多一份文气，"我看着舒服"。

这些年见过不少老舍书法对联，还有尺幅见方的诗稿、书信，一手沉稳的楷书，清雅可人。他的大字书法，取自北碑，线条凝练厚实，用笔起伏开张，并非一路重按到底，略有《石门铭》之气象。老舍的尺幅楷书，楷隶结合，波磔灵动，有《爨宝子》《爨龙颜》的味道，古拙，大有意趣，比大字更见韵味。

老舍早年入私塾，写字素有训练。去年在拍卖会上见到一幅老舍的书法长条，60年代的手书，内容是毛泽东诗词。凑近看，笔墨自然蕴藉、浑朴有味，线条看似端凝清腴，柔中有刚，布局虽略有拘谨，但气息清清静静，落不得一丝尘垢，看得见宁死不屈的个性，看得出忠厚人家的本色。

课堂文学史上的老舍从来就不如时人笔墨中的老舍有趣。住在重庆北碚时，有一次，各机关团体发起募款劳军晚会，老舍自告奋勇说一段对口相声，让梁实秋先生搭档。梁先生面嫩，怕办不了，老舍嘱咐说："说相声第一要沉得住气，放出一副冷面孔，永远不许笑，而且要控制住观众的注意力，用干净利落的口齿，在说到紧要处时，使出全副气力，斩钉截铁一般迸出一句俏皮话，则全场必定爆出一片彩声，哄堂大笑，用句术语来说，这叫做'皮儿薄'，言其一戳即破。"这样有趣的人下笔才有真情真性真气，才写得了《赵子曰》写得了《老张的哲学》写得了《骆驼祥子》。

少年时在安庆乡下读老舍的小说。大夏天，暑气正热，天天不睡午觉洗个澡在厢房的凉床上躺着细细观赏老舍的文采。围墙外蝉鸣不断，太阳渐渐西斜，农人从水塘里牵出水牛，牛声哞哞，蜻蜓在院子里低飞，飞过老舍笔下一群民国学生的故事。小说是借来的，保存了民国面目，原汁原味是老舍味道。只有一本旧书摊买来的《骆驼祥子》，字里行间的气息偶尔有《半夜鸡叫》的影子，读来读去，像一杯清茶中夹杂了一朵茉莉花，不是我熟悉的老舍，后来才知道那是 50 年代的修改本。

老舍的作品向来偏爱，祥子、虎妞、刘四是他为中国现代文学画廊增添的人物。后来读到民国版的《骆驼祥子》，最后，祥子不拉洋车了，也不再愿意循规蹈矩地生活，把组织洋车夫反对电车运动的阮明出卖给了警察，阮明被公开处决了。小说结尾写祥子在一个送葬的行列中持绋，无望地等待死亡的到来。调子是灰色的，但充满血性，是我喜欢的味道。

都说老舍幽默，太简单也太脸谱，幽默二字不过是老舍的引子，概括不了他的风格。《赵子曰》写北京学生生活，写北京公寓生活，逼真动人，轻松微妙，读来畅快得很。写到后半部，严肃的叙述多了，幽默的轻松少了，和《骆驼祥子》一样，最后以一个伟大牺牲者的故事作结，使人有无穷的感喟。老舍的小说始而发笑，继而感动，终而悲愤，悲愤才是老舍的底色本色。湖水从来太冷，钱谦益跳不进去老舍跳得进去。

汪曾祺在沈从文家里说起老舍自尽的后事，沈先生听了非常难过，拿下眼镜拭泪水。沈从文向来感谢老舍，"文化大革命"前老舍在琉璃厂看到盖了沈从文藏书印的书一定买下来亲自送到沈家。

二十年后，汪曾祺先生想到老舍心里兀自难过，写散文写小说表示牵挂表示怀念。《八月骄阳》写老舍投湖：骄阳似火、蝉鸣蝶飞，湖水不兴，几位老人闲聚一起，谈文说戏，议论时势。穿着整齐的老舍，默默地进园，静静地思考，投湖而逝。井上靖1970年写了篇题为《壶》的文章怀念老舍，感慨他宁为玉碎。玉碎了还是玉，瓦全了不过是瓦。

巴金

快十年了，在郑州古玩城旧书店搜书。百十家古旧书店，在那里买过不少新文学旧文学著作，也买过不少作家签名送人的文集，有汪曾祺、冰心、巴金。有一回见到老舍的手稿，巴金的信笺，没能买下，现在想来后悔。旧书店的老板用宣纸仔细包了一层又一层，小心翼翼翻开，说从笔迹上看，老舍巴金一手字四平八稳，是个忠厚人。

巴金信笺上的字写得一般，晚年手抖，笔力虚浮，像中学生体。巴金的签名有意思，潦草又认真，说不出的味道，偶尔签名赠书友朋辈，落款后盖一枚小指头盖大的印张，阳文"巴金"二字，红彤彤鲜艳艳比樱桃好看。我见过几枚巴金的印文，不知何人操刀，件件都是奇品：生机勃勃，一纳须弥。

巴金本姓李，是西化人。巴金的笔名也是西化的，据说是从巴枯宁和克鲁泡特金两个名字中取首尾二字而来，还据说巴字是纪念法国亡友巴恩波，金字和其译作克鲁泡特金的《伦理学》有关。李家人相信西医，巴金的母亲和几个英国女医师做朋友，她们送李母《新旧约全书》，西洋封面西洋装帧西洋排版，巴金很喜欢。巴金后来在家自学外语，进外国语学校读书。这是巴金的底色，巴金的基因。

巴金早年认为线装书统统都应该扔进废纸堆，他晚年未竟之作《怀念振铎》说自己曾批评郑振铎"抢救"古书，批评他保存国宝。看见巴金晚年用印章，送线装书给人，我心里高兴，这才是中国读书人的面目。九旬大寿时，朋友们想送给巴金一件有意义的礼物，精制一批《随想录》线装本，老人家很赞赏。

《家》的开头写大雪，十几年过去，有些句子竟然背得下来。

风刮得很紧，雪片像扯破了的棉絮一样在空中飞舞，没有目的地四处飘落……雪片愈落愈多，白茫茫地布满在天空中，向四处落下，落在伞上，落在轿顶上，落在轿夫的笠上，落在行人的脸上……"三弟，走快点。"说话的是一个十八岁的青年，一手拿伞，一手提着棉袍的下幅，还掉过头看后面，圆圆的脸冻得通红，鼻子上架着一副金丝眼镜。

很多年的事情了，风散了，雪化了，戴金丝眼镜的十八岁的青年也成了旧人。巴金小说写得好不好，轮不到我说，也不想多说。读的熟，情怀还在，牵念还在，不便说字字珠玑也不忍嗤为废话。

距离第一次读《家》《春》《秋》，至今已十五年，那时候觉得觉新觉民觉慧真好，梅表姐也好，鸣凤也好，都好看，不像张恨水笔下的人物那么新潮那么儒雅那么深情，灰长袍配白围巾黑皮鞋自有一股斯文通透。

巴金小说暌违经年，今春读《寒夜》，六十年前的故事，平平常常波澜不惊，三十年前的老书，深蓝色的封面一钩残月，素到不能再素。开始是汪文宣在寒夜中寻找树生，结尾是树生在寒夜中回到旧居。情节是寒夜的故事，意境是寒夜的悲凉，读来感叹不已，有冷月葬诗魂的凄清美。挑剔点说，语言上还是带文艺腔，文艺腔也无所谓，比粗俗来得高级。

《寒夜》之后，巴金的创作也进入寒夜了。一场运动接一场运动，作家思维跟不上执政家手腕。小说也在写，散文随笔特写，书依旧一本本地出，但不是老巴金了，而是戴了面具的执笔人。"文革"中，文章的面具不让戴了，巴金发配到上海郊区的农场劳动，"肩挑两百斤，思想反革命"。法国几位作家不知巴金是否还在人世，准备把他提名为诺贝尔文学奖候选人来作试探。日本作家井上靖和日中文化交流协会更是想方设法寻找他的踪迹。肩膀上的两百斤终于放下，巴金着手翻译俄罗斯作家赫尔岑的《往事与随想》。

巴金的翻译不硬译，不死抠，流畅，自然，传神，富于感情，和他的创作风格统一。草婴喜欢巴金的译文，说既传神又忠于原文，他所译高尔基的短篇小说至今"无人能出其右"。高莽说巴金译文"语言很美"，表现出"原著的韵味"。巴金翻译的《小王子》我读过，至今还记得那句："风一吹，芦苇就行着最动人的屈膝礼。"

1978 年 12 月 1 日,上海笼罩在初冬的微寒中,年近八十的巴金颤巍巍写下一篇《谈〈望乡〉》。自此老人正式启动了《随想录》的写作,直至 1986 年 8 月 20 日。

我读到《随想录》已经是巴金写完之后的第二十个年头了。黄昏萧瑟,暮气渐渐笼罩着北方的城市,暖气不够热,坐在椅子上还需要铺个毛毯,看巴金怀念萧珊,怀念老舍,有真情有真意有真气,是地道老到的白话文,白如雪如棉如絮,但分量不轻,一个个字灌满铅,沉甸甸的,胡适先生看了一定会喜欢。

《随想录》重点是随想,但归根是录,记录。《广雅·释诂三》云:录,记之具也。《后汉书·章帝纪》云:融为太尉,并录尚书事。这个录是总领的意思。《世说新语·政事》说陶侃在做荆州刺史期间"敕船官悉录锯木屑,不限多少",这里的录指的是收集收藏。《孔雀东南飞》:君既若见录,不久望君来。这里的录却是惦记了。过去的旧人旧事忘不了,这里有一份眷恋。

巴金写旧人旧事,文人之叹也有史家之思,还有对人性美质的向往,一篇篇文章平白沉郁,又清秀又智慧,严明深切,非虚妄之作。《随想录》虽为实录,不少篇章亦为旧梦重温,其中生死离别，自然情切，有无量悲欣。

《随想录》时期的巴金，是智者是仁者也是长者尊者。谈起自己，写日常的冷暖，怎样的麻木，怎样的怯懦，怎样的后悔，失落、逃逸，笔锋正而直，丝毫不带斜风细雨、王顾左右。世人写巴金，往往仰视惊叹，巴金偏偏以平常之心平常之情平常之笔写世俗中的人和事，这样的文章我喜欢读。

2005 年 10 月 17 日，巴金去世。人走烟消，民国余脉快飘散净了。

（原载《山花》2015 年第 9 期）

08

大师之间的敌视和蔑视
——章太炎与王国维之一斑

◎伍立杨

王国维是孙诒让之后甲骨文研究划时代的集大成者，他的殷周金文、汉晋竹简也具有拓荒的意义。

但是章太炎不吃这一套。

他于辛亥前写就的《理惑论》谈到甲骨文，尝谓："国土可鬻，何有文字？而一二贤儒，信以为质，斯亦通人之蔽……假令灼龟以卜，理兆错迎，衅裂自见，则误以为文字，然非所论于二千年之旧藏也。夫骸骨入土，未有千年不坏，积岁少久，故当化为灰尘，龟甲蜃珧，其质同耳。"他这根据的是物质必会朽坏的常识，然而却未注意到事情每有例外。

到了1935年盛夏，他已在苏州讲学，他给金祖同写了四封信，仍持异议："文字源流，除《说文》外不可妄求，甲骨文真伪且勿论，但问其文字之不可识者，谁实识之？非罗振玉乎？其字既于《说文》碑版经史字书无征，振玉何以能独识之乎？非特甲骨文为然，钟鼎彝器真者固十有六七，但其文字之不可识者，又谁实识之？"

另一封信又写道："考古之士，往往失之好奇，今人之信龟甲文，无异昔人之信岣嵝碑也……往古之事，坟籍而外，更得器物以相比核，其便于考证者自多。然器之真伪，非竿遮覈实，则往往为作赝者所欺。前人所谓李斯狗枸，相如犊鼻，好奇无识者尚或信之。近世精于鉴赏者推阮芸台、吴清卿，然其受人欺绐，酿为嘲笑之事甚多，况今人之识，又下于阮、吴甚远耶？器果真，犹苦于文字难知也；文果可知，汉碑、汉器存于今世者尚多，然岂裨补汉世史事者几何？君子为学，固当识其大者，其小者一二条之得失，不足以为损益也。足下果有心为学，当先如此。"

他不信甲骨文，自有其理由。虽然不大站得住脚。晚年仍坚持之，理由就是《说文》都不认得，罗振玉如何认得？这当然是太炎的局限，然而他表露其局限都如此大气，视彼等如无物。

明明是太炎自己错了，他还那么大声，那么理直气壮，而且持续很长时间，而且显得他似乎也有道理。当然，太炎对于疑古派的怀疑，也确有根据，不完全是脾性使然。

吕思勉先生说："人多以为古书必多窜乱，伪造，其新发现者必真；书籍或不可信，实物则不可疑，其言似极有理，然古物及新发现的书籍，亦尽多伪品……又如近代所谓甲骨文，其中伪物亦极多，此等材料，取用不可不极谨慎。"（《读旧史入手的方法》，《吕思勉自述》，安徽文艺出版社，314页）

而太炎针对的不仅是甲骨文，源于史学界一种挟洋自重、又仅得皮毛的不良之风。他的矛头始终对准此类不良之风，未尝稍戢。1935年的秋天孙思昉到苏州看望他，谈到顾颉刚等人，太炎很不客气，就说对于此类后进，当示以正轨，不能"教猱升木，如涂涂附"，"今则以今文疑群经，以赝器雠正史，以甲骨黜许书，以臆说诬诸子，甚至以大禹为非人类，以尧舜为无其人，怪诞如此，莫可究诘……绝学丧文，将使人忘其种姓，其祸烈于秦皇焚书矣。好奇之弊，可胜慨哉"。

他的理由是这样充足，那些人的毛病仅出于好奇，越走越偏。他是在大处把握，他觉得阁下大处出了问题，小善他也打包忽略了。

虽说他错了，但也错得那样有气概，睥睨当世，目无余子，可见他在学界震慑力之一斑。他致金氏书信发布后，郭沫若评曰："……甲骨文真伪为主题，所见已较往年大有改进……此先生为学之进境也。"

王国维于 1927 年的 6 月 2 日，独自前往颐和园昆明湖，投水自戕。他在遗书中说"五十之年，只欠一死，经此世变，义无再辱"，此事在文教界及整个社会，引发极大震动。避往天津的废帝溥仪下诏封其为忠悫公。

然而章太炎对此毫无反应，全然是置若罔闻，公然的一副"事不关己，高高挂起"的样子。

原来当三年多前，清华筹办国学研究院，校长曹云祥欲请胡适之掌门。胡适推荐梁任公、王静安、章太炎这三位。其后吴宓出掌研究院，欲聘章太炎，章公坚拒之。

最后定聘王国维、梁启超、陈寅恪、李济、赵元任为导师，五星魁聚，极一时之盛。当初王国维也不欲就聘，胡适又去拜会废帝溥仪，由溥仪劝驾，王国维乃奉诏就聘。1924年年底，溥仪被逐出宫，王国维整日忧伤惶恐，辄欲自戕，家人密切监视乃免。

从清华研究院筹办，到次年二月实施，其间看不到章太炎与其有任何交集。王国维以研究甲骨文的新史学闻世，而太炎对此极为反感，以为系作伪。对于梁启超，他们之间曾经又打又骂，章老也长期藐视之，可以说他对研究院的人与事，皆视作无聊。加之那段时间他忙于联省自治筹备会，往南京讲学、推荐中学国学书目、就江浙战争发表弭兵宣言、对于直奉战争冯玉祥倒戈发表国是主张……可以说忙到焦头烂额，故而在其履历中看不到丝毫对于国学研究院的意见。且在研究院筹办的1924年秋，公开发出《为溥仪出宫致冯玉祥电》："念自六年复辟以后，优待条件，当然消灭。此次修改，仍留余地，一二遗臣，何得复争私见……"同时又有致王正廷电，"清酋出宫，夷为平庶，此诸君第一功也"。

差不多在王国维去世半年后，太炎在致李根源的信中，无限直白地自称民国遗老："老夫自仲夏还，终日宴坐，兼治宋明儒学……蔡子民辈欲我往金陵参预教育，张静江求其为父作墓表，皆拒绝之，非尚意气，盖以为拔五色旗，立青天白日旗，即是背叛中华民国……一夺一与，情所不安，宁作民国遗老耳。"

王国维先生1927年投水自尽，国人念之惜之而又疑之。此前的1924年，他有《筹建皇室博物馆奏折》："窃自辛亥以后，人民涂炭，邦域分崩，救民之望非皇上莫属，非置圣躬于万全之地无以救天下……近者颇有人主张游历之说，臣深知其不妥……且皇上一出国门，则宗庙宫室，民国不待占而自占，位号不待削而自削，宫中重器拱手而让之民国，未有所得而全尽失，是使皇上有去之日而无归之年也……"（《王国维年谱长编》），以下还有千余字，都是替皇帝考虑的。最后说明系秘密之奏，希望领他的忠贞之情。

高级知识分子这样不堪，那么，只能礼失而求诸野。

所以，孙中山先生早就看清了，民族复兴的种子，往往要到草泽江湖的帮会里头去钩沉探求、刮垢磨光。

所以，王国维死了，章太炎不理不睬，而没有大呼拿酒来开怀庆祝，这算是很给他面子，很客气的了！

王国维对于西方的看法："西人以权利为天赋，以富强为国是，以竞争为天然，以进取为能事，是故挟其奇技淫巧，以肆其

豪强兼并，更无知止知足之心，浸成不夺不餍之势。"（《上逊帝溥仪书》，转自钱基博《现代中国文学史》）

如此见识，和郑观应、林则徐差得天远地远，和章太炎自然也形成鸿沟。

不知他是否记起了清初大屠杀的血光之灾，章太炎倒是血脉贲张地痛斥，他们两个，好像南北的两极。而章太炎虽然也乱闹，但他的目标非常清楚，他的批判锋芒指向中国社会的现状，即清朝专制的率兽食人的野蛮统治。"为天下之大害者，君而已矣"，他承继了黄宗羲等先贤的看法，更予以谩骂痛斥。他不但指出新的溃疡，也掀开了去之不远的被清朝征服的旧伤口。近代英国外交官，在中国也体察到汉人官员对他们必须臣服于粗鄙却专权的满人一事感到不耐。清兵入关时，顾炎武不说亡社稷和亡国而说亡国和亡天下，着眼点不仅在政权的沦亡，更忧虑文化的澌灭坠毁，从此人群沦为"禽兽"，因而痛入骨髓。

结果呢，国维搞成了"我思故我不在"，他这一心疼皇帝的动作，竟然使他"两次踏进同一条河流"。愁眉苦脸，把生活搞成连串痛苦的累积，实在也是自己给自己套上枷锁，成为恶制度的祭品。国维的死虽然在于时局的悲观，和盲动肆虐的刺激，但他寻找的寄托却是帝王，而不是辛亥党人那些他的同龄人，因这一旁逸斜出，遂滑向不可收拾的死胡同。

吕思勉以为，在历史的转型期，过于纯粹的书斋学者不大为人所知，大众所注目者，大概是那些和社会、政经关系密切的。在近代学术史上，最特殊的有三人，就是康有为、梁启超、章太炎。

康有为，他是"可称为最大的空想派社会学家，而且具有宗教家的性质……梁任公，是多血多泪的人……其效力还是以感情方面为大。章太炎的感情，也是极激越的，然和康梁比较起来，则其头脑要冷静些"。

梁任公的善变，确实是古今所罕见的。

至于章太炎的侃侃直节，非常明显。太炎最看不惯取巧立名的浮华之人。"最提倡甲骨文之人，就是伪造甲骨文的人。他在《国故论衡》之中揭发，更使人见得自命亡清清忠臣遗老之流，没有一个是端人。背叛民族，颜事仇之人，其言行岂有可信之处？！"（《吕思勉自述》，安徽文艺出版社，337页）

这是吕先生所下的一个非常沉重的针砭。王国维就在这当中，反而康有为都比他强。吕先生以为，康氏参与复辟之际，已经重度精神错乱，即俗称生理上的神经病。乃是病理问题，尚非人格问题。

当1924年，冯玉祥将废帝驱赶出宫时，王国维就曾寻死觅活，邀约了几个遗老，要去跳河自戕殉情。他后来真死了，废帝溥仪赐谥号为"忠悫"。事后，罗振玉邀集中日名流、学者，在日租界日本花园里为忠悫公设灵公祭，宣传王国维的"完节"和"恩遇之隆，为振古所未有"。这种谄媚和雌伏，可能是清廷长期精神施虐的结果，也可能是自身基因的变异所为。

难道顾炎武、黄宗羲、王夫之、史可法、张苍水……只是章太炎的精神和种族的祖先，而不是他王国维的祖先？

赵元任对修建王国维纪念亭，不出一钱，或以为怪事，实则，赵元任饱受西方思想熏陶，对王国维愚忠，不以为然，认为没有值得纪念之处。亦别有怀抱，并非一毛不拔。

王国维、章太炎，年相若、道相似（学术概念范畴而言），且为浙东同乡。然而两人从生到死，竟素无往还。一个要推翻清朝，一个要护卫清朝；他俩的心理悬殊，他们之间的差异，大过死人和活人的区分，大过人与兽的区分，一个是前清遗老，一个是同盟会原始派的民国遗老，他们之间所有的只是敌视和蔑视。

（原载《随笔》2017年第5期）

09

"何不就叫杨绛姐姐？"

——我眼中的杨绛先生

◎铁凝

5 月 27 日晨，在协和医院送别杨绛先生。先生容颜安详、平和，一条蓝白小花相间的长款丝巾熨帖地交叠于颈下，漾出清新的暖意，让人觉得她确已远行，是回家了，从"客栈"返回她心窝儿里的家。

2014 年夏末秋初，《杨绛全集》九卷本由人民文学出版社出版。二百六十八万字，涵盖散文、小说、戏剧、文论、译著等诸多领域，创作历程跨越八十余年。其时，杨绛先生刚刚安静地度过一百零三岁生日。

这套让人欣喜的《杨绛全集》，大气，典雅，厚重，严谨，是热爱杨绛的出版人对先生生日最庄重的祝福，也是跨东西两种文明之上的杨绛先生，以百余岁之不倦的创造力和智慧心，献给读者的宝贵礼物。现在是2016年的7月，我把《杨绛全集》再次摆放案头开始慢读，我愿意用这样的方式纪念这样一位前辈。这阅读是有声的，纸上的句子传出杨绛先生的声音，慢且清晰，和杨绛先生近十年的交往不断浮上眼前。

一

作为敬且爱她的读者之一，近些年我有机会十余次拜访杨绛先生，收获的是灵性与精神上的奢侈。而杨绛先生不曾拒我，一边印证了我持续的不懂事，一边体现着先生对晚辈后生的无私体恤。后读杨绛先生在其生平与创作大事记中写下"初识铁凝，颇相投"，略安。

2007年1月29日晚，是我第一次和杨绛先生见面。在三里河南沙沟先生家中，保姆开门后，杨绛亲自迎至客厅门口。她身穿圆领黑毛衣，锈红薄羽绒背心，藏蓝色西裤，脚上是一尘不染的黑皮鞋。她一头银发整齐地拢在耳后，皮肤是近于透明的细腻、洁净，实在不像近百岁的老人。她一身的新鲜气，笑着看着我，我有点拿不准地说：我该怎么称呼您呢？杨绛先生？杨绛奶奶？杨绛妈妈……只听杨绛先生略带顽皮地答曰："何不就叫杨绛姐姐？"

我自然不敢，但那份放松的欢悦已在心中，我和杨绛先生一同笑起来，"笑得很乐"——这是杨绛先生在散文里喜欢用的一个句子。

那一晚，杨绛先生的朴素客厅给我留下难忘印象。未经装修的水泥地面，四白落地的墙壁，靠窗一张宽大的旧书桌，桌上堆满了文稿、信函、辞典。沿墙两只罩着米色卡其布套的旧沙发，通常客人会被让在这沙发上，杨绛则坐上旁边一只更旧的软椅。我仰头看看天花板，在靠近日光灯的地方有几枚手印很是醒目。杨绛先生告诉我，那是她的手印。七十多岁时她还经常将两只凳子摞在一起，然后演杂技似的蹬到上面换灯管。那些手印就是换灯管时手扶天花板留下的。杨绛说，她是家里的修理工，并不像从前有些人认为的，是"涂脂抹粉的人"，"至今我连陪嫁都没有呢"杨绛先生笑谈。后来我在一次接受媒体采访时描述过那几枚黑手印，杨绛先生读了那篇文章说："铁凝，你只有一个地方讲得不对，那不是黑手印，是白手印。"我赶紧仰头再看，果然是白手印啊。岁月已为天花板蒙上一层薄灰，手印嵌上去便成白的了。而我却想当然地认定人在劳动时留下的手印必是黑的，尽管在那晚，我明明仰望过客厅的天花板。

我喜欢听杨绛先生说话，思路清晰，语气沉稳。虽然形容自己"坐在人生的边上，"但情感和视野从未离开现实。她读《美国国家地理》，也看电视剧《还珠格格》，知道前两年走俏日本的熊人玩偶"蒙奇奇"，还会告诉我保姆小吴从河南老家带给她的五谷杂粮，这些新鲜粮食，保证着杨绛饮食的健康。跟随钱家近二十年的小吴，悉心照料杨绛先生如家人，来自乡村的这位健康、勤勉的中年女性，家里有人在小企业就职，有人在南方打工，亦有人在大学读书，常有各种社会情状自然而然传递到杨绛这里。我跟杨绛先生开玩笑说您才是接"地气"呢，这地气就来自小吴。杨绛先生指着小吴说："在她面前我很乖。"小吴则说："奶奶（小吴对杨绛先生的称呼）有时候也不乖，读书经常超时，我说也不听。"除了有时读书超时，杨绛先生起居十分规律，无论寒暑，清晨起床后必先做一套钱锺书先生所教的"八段锦"，直至春天生病前，弯腰双手可轻松触地。我想起杨绛告诉我钱先生教她八段锦时的语气，极轻柔，好像钱先生就站在身后，督促她每日清晨的健身。那更是一种从未间断的想念，是爱的宗教。杨绛晚年的不幸际遇，丧女之痛和丧夫之痛，在《我们仨》里，有隐忍而克制的叙述，偶尔一个情感浓烈的句子跳出，无不令人深感钝痛。她写看到爱女将不久于人世时的心情："我觉得我的心上给捅了一下，绽出一个血泡，像一只饱含着热泪的眼睛"，送别阿圆时，"我心上盖满了一只一只饱含热泪的眼睛，这时一齐流下泪来"。但是这一切并没有摧垮杨绛，她还要"打扫现场"，从"我们仨"的失散到最后相聚，杨绛先生独自一人又明澄勇敢、神清气定地走过近二十年。这是一个生命的奇迹，也是一个爱的奇迹。

我还好奇过杨绛先生为什么总戴着一块圆形大表盘的手表，显然这不是装饰。我猜测，那是她多年的习惯吧，让时间离自己近一些，或说把时间带在身边，随时提醒自己一天里要做的事。在《我们仨》中杨绛写下这样的话："在旧社会我们是卖掉生命求生存，因为时间就是生命。"如今在家中戴着手表的百岁杨绛，让我看到了虽从容却严谨的学者风范。而小吴告诉我的，杨绛先生虽由她照顾，但至今更衣、沐浴均是独自完成，又让我感慨：杨绛先生的生命是这样清爽而有尊严。

二

有时候我怕杨绛先生戴助听器时间长了不舒服，也会和先生"笔谈"。我从茶几上拿过巴掌大的小本子，把要说的话写在上面。这样的小本子是杨绛用订书器订成，用的是写过字的纸，为节约，反面再用。我在这简陋的小本子上写字，想着，当钱锺书、杨绛把一生积攒的版税千万余元捐给清华大学的学子们，是那样的毫不吝啬。我还想到作为文学大家、翻译大家的杨绛先生，当怎样地珍惜生命时光，靠了怎样超乎常人的毅力，才有了如此丰厚的著述。为翻译《堂·吉诃德》，她四十七岁开始自学西班牙语，伴随着各种运动，七十二万字，用去整整二十年。1978年6月15日，杨绛参加了邓小平为西班牙国王胡安·卡洛斯一世和王后举行的国宴，邓小平将《堂·吉诃德》中译本作为国礼赠送给贵宾，并把译者杨绛介绍给国王和王后。杨绛先生说，那天她无意中还听到两位西班牙女宾对她的小声议论，她们说"她穿得像个女工"。"她们可能觉得我听不见吧，我呢，听见了。其实那天我是穿了一套整齐的蓝毛料衣服的。"杨绛说。

有时我会忆起1978年的国宴上西班牙女宾的这句话："她穿得像个女工。"初来封闭已久、刚刚打开国门的中国，西班牙人对中国著名学者的朴素穿着感到惊讶并不奇怪，那时的中国知识分子，单从穿着看去，大约都像女工或男工。经历了太多风雨的杨绛，坦然领受这样的评价，如同她常说的"我们做群众最省事"，如同她反复说的，她是一个零。她成功地穿着"隐身衣"做大学问，看世相人生，哪怕将自己隐成一位普通女工。在做学问的同时，她也像那个时代大多数中国女性一样，操持家务，织毛衣烧饭，她常穿的一件海蓝色元宝针织法的毛衣就是在四十多年前织成。我曾夸赞那毛衣针法的均匀平展，杨绛脸上立刻浮现出天真的得意之色。

记得有一次在北京和台湾"中央研究院"一位年轻学者见面，十几年前她在剑桥读博士，写过分析我的小说的论文。但这次见面，她谈的更多的是杨绛，说无意中在剑桥读了杨先生写于上世纪40年代的两部话剧《称心如意》《弄真成假》，惊叹杨先生那么年轻就展示出来的超拔才智、幽默和驾驭喜剧的控制力。接着她试探性地问我可否引荐她拜访杨先生，就杨先生的话剧，她有很多问题渴望当面请教。虽然我了解杨绛多年的习惯：尽可能谢绝慕名而来的访客，但受了这位学者真诚"问学"的感染，还是冒失地充当了一次引见人，结果被杨绛先生简洁地婉拒。我早应知道会是这个结果，这个结果只让我更切实地感受到杨绛先生的"隐身"意愿，学问深浅，成就高低，在她已十分淡远。任何的研究或褒贬，在她亦都是身外之累吧。自此我便更加谨慎，不曾再做类似的"引见"。

2011年7月15日，杨绛先生百岁生日前，我和作协党组书记李冰前去拜望，谈及她的青年时代，我记得杨绛讲起和胡适的见面。胡适因称自己是杨绛父亲的学生，曾经去杨家在苏州的寓所拜访。父亲的朋友来，杨绛从不出来，出来看到的都是背影。抗战胜利后在上海，杨绛最好的朋友陈衡哲跟她说，胡适很想看看你。杨绛说我也想看看他。后来在陈衡哲家里见了面，几个朋友坐在那儿吃鸡肉包子，鸡肉包子是杨绛带去的。我问杨绛先生鸡肉包子是您做的吗？杨绛先生说："不是我做的。一个有名的店卖的，如果多买还要排队。我总是拿块大毛巾包一笼荷叶垫底的包子回来，大家吃完在毛巾上擦擦手。"讲起往事，杨绛对细节的记忆十分惊人。在她眼中，胡适口才好，颇善交际。由胡适讲到"五四"，杨绛先生说："我们大家讲五四运动，当时在现场的，现在活着的恐怕只有我一个了，我那时候才八岁。那天我坐着家里的包车上学，在大街上读着游行的学生们写在小旗子上的口号'恋爱自由，劳工神圣，抵制日货，坚持到底！'我当时不认识'恋'字，把恋爱自由读成'变爱自由'。学生们都客气，不来干涉我。"杨绛先生还记得，那时北京的泥土路边没有阴沟，都是阳沟，下雨时沟里积满水，不下雨时沟里滚着干树叶什么的，也常见骆驼跪卧在路边等待装卸货。汽车稀少，讲究些的人出行坐骡车。她感慨那个时代那一代作家。"今天，我是所谓最老的作家了，又是老一代作家里最年轻的。"那么年轻一代中最老的作家是谁呢？——我发现当我们想到一个人时，杨绛先生想的是一代人。

三

杨绛先生有时候也会以过来人的幽默调侃老年人，一次她问我人老了最突出的标志是什么，接着自己总结说："人老了就是该鼓的地方都瘪了，该瘪的地方都鼓了。"说得在场的人大笑起来，杨绛先生也笑——笑得很乐。在生命的暮年，杨绛仍然葆有着对生活的体贴，对他人的细心同情，对人所给予的善意的珍视。有几年的冬天我去看她时，见客厅地上总立着一棵二十厘米高的小小的圣诞树，若是晚上，圣诞树上那些豆大的小彩灯便会亮起来，闪烁着并不耀眼的光。我问起这棵小精灵般的圣诞树，杨绛先生告诉我，那是有一年她在协和医院住院，正逢圣诞节，医生特意送到她病房的礼物，出院时她就把这棵小树带回了家。在略显空旷和冷清的房间里，这棵站在水泥地上的小树让我感到温馨而又酸楚，杨绛先生是看重这树的，才会每年冬天都要把它搬出来点亮，她更看重的是协和医院护士们的美好情谊。

在杨绛先生家里我们拍过一些照片，一次我把拍好的照片洗印出来请人给杨绛送上，先生收到照片后还特别写信致谢。信纸末端有一滴绿豆大的斑痕，杨绛在那斑痕旁边注明："这是小吴不小心滴上的酱油，不是我滴的。"一句话道出了杨绛先生和小吴的融洽关系，也让我体会到一代大家对信函书写的讲究。这古典的、即将失传的讲究里洋溢着结实的人间滋味。

有一年春节我去杨绛先生家拜年，临别时，杨绛先生说要送我一样东西，然后起身走进她的小书房——那是走廊尽头一个阴面房间，杨绛先生曾领我去过。当时她告诉我，她曾多年在这个房间写作。书桌一头临着靠北的窗户，冬天，从窗缝挤进来的冷风吹在她伏案的左臂上，当时不知不觉，但经年如此，左臂关节常常疼痛，后才搬到向阳的客厅工作。我正想着北京冬天北风的"贼冷"，杨绛先生脚步轻快地返回客厅，手里拿着一只鸽灰色工字纹织锦做面的考究纸盒。她把盒子放在我眼前的茶几上说："这不是新东西，是件旧物，也许你用得着。"接着她怕我不接受似的指着盒子边角一块泛黄的印迹说："你看，真是件旧物，雨水淋过呢。"我打开纸盒，原来里面盛着一只造型简约、做工极为精美的长方形黑檀木盒，木质如缎似玉，天然纹理深沉大气，盒盖中央镂刻出铜钱薄厚的两眼小孔，一块扎着细密明线的小牛皮穿孔而过，合拢后凸起在盒盖上，成为这盖子的手柄。我小心捏住这牛皮手柄掀起盒盖，见盒内由洋红色瓦楞纸做衬，整齐地排列着五支黑色铅笔。三棱形纯黑笔杆的握笔处凸起着几排防滑的细密小圆点，笔杆尾部有 Faber-Castell 的著名标志，是德国辉柏嘉品牌。辉柏嘉是欧洲最古老的工业企业之一，1761 年生产出世界上第一支铅笔，二百五十多年来始终倡导无毒环保。

我接受了这样的礼物，这样一只特别的铅笔盒，没有对杨绛先生说过谢谢，觉得仅一声谢谢也许反而太过轻浮。在以后的日子里，我经常将这铅笔盒仔细端详，在散发着幽远暗香的黑檀木盒底上，一方略显陈旧的银色卡片，印有对这只盒子的繁体字介绍。这是原产于印尼苏拉威西岛的顶级黑檀木，以纯手工做法完成。这工匠认为，千百年来唯一能觉醒生活的，仅是一种简单却独特的味道。让朴拙取代繁复，自由带走束缚，透过人与木的对话，让一切回归自然。我琢磨木盒上那枚小牛皮手柄，它那仿佛"包浆"似的油润，有一种长久被人手抚摩的可喜的温软，必是主人的身边爱物。它和杨绛先生那间朝北的小书房，本是一体的吧。时间再往前推，它又和杨绛在不同"场景"的家里共度过多少时光？我把五支铅笔从黑檀木盒中取出排列在书桌上，这是五支削好的、从未使用过的辉柏嘉铅笔。我无以判断生产它的年代，但它古典而内敛的气质和通身的静谧遥远滋味，让我相信，它们的年龄应在一个甲子之上。这无疑是杨绛先生最喜欢的铅笔，她才会用贵重的黑檀木盒装了它们赠予我。也许在杨绛看来，再珍贵的黑檀，也比不过最好用的笔吧，虽然它们只是几支铅笔。我愈加感受到杨绛先生这馈赠的深情厚谊，她的别致典雅，她无言的期待和祝福，如深谙世间冷暖的明智长者，或是可以畅叙闺中喜忧的"杨绛姐姐"？

四

2013年夏天，年逾百岁的杨绛经历了一场因私人书信被拍卖而引发的官司。杨绛先生决定依法维权并公开发表了声明。她在声明中说："近来传出某公司很快要拍卖钱锺书和我及钱瑗私人信件一事，媒体和朋友很关心，纷纷询问，我以为有必要表明态度，现郑重声明如下……"杨绛先生谈到此事让她很受伤害，极为震惊。她表示对此坚决反对，希望有关人士和拍卖公司尊重法律，尊重他人的权利，否则她会亲自走向法庭，维护自己和家人的合法权利。

得知这一消息，我惊讶和钦佩杨绛先生以百岁之躯毅然维权的决心，又十分担心她的身体。记得我赶去杨绛先生家时，看见她面色稍显憔悴，但讲到维权事，叙述有力，神情倔强，一扫平日之淡然。我忽然不敬地想到，若钱先生在世，怕都不见得有这样一份果敢。也才更加具体地领略到钱先生每遇生活难处为什么只要听见杨绛说"不要紧，我会修，""不要紧，我会洗"便踏实、安心。

我在杨绛家了解到事情全过程，我站在杨绛先生一边。当年5月30日，我接受了《文汇报》记者关于钱锺书、杨绛私人书信被拍卖一事的采访。我同意《文汇报》载一些法学家的看法：这一行为侵犯了他人的隐私权。我认为，私人间的通信是建立在互相尊重、信任的基础上的，利用别人的信任，为了一己之私，公开和出售别人的隐私，有悖于社会公德与人们的文化良知。在当事人坚决反对的情况下，如还执意要这样做，是对当事人更深的伤害。我对记者说，钱锺书和杨绛是我国著名的文学大家、翻译大家，深受国内外众多读者的喜爱，对中国文学乃至中国文化产生了重要影响。杨绛先生是亲历五四运动唯一仍在世的中国作家。钱、杨二人把一生的全部稿费和版税捐赠给母校清华大学设立"好读书"奖学金，至今捐款计逾千万元，受益者已达数百位学子。如今一百零二岁的杨绛精神矍铄，身体康健，这是中国文学界和文化界的幸事和喜悦之事。拍卖事让这位年逾百岁的老人在安宁和清静中被打扰，她的情感、精神受到伤害。让这样一位老人决意亲自上法庭，一定是许多喜爱钱锺书、杨绛作品的读者不希望看到的，一定也是善良的国人不乐意看到的。人心的秩序，人际关系中信任、坦诚这些美好词汇万不可变得如此脆弱和卑微。

杨绛先生的愤怒维权，得到社会众多方面的关注与支持，曾同我一道拜访过杨绛的李冰同志倾力相助，中国作家协会权保会也同有关方面积极沟通。经多方共同努力，持续将近一年的案件，终以法院判决杨绛胜诉而告一段落。

就此，我也感受到这位瘦小的老人胸中的硬气，她对著作权、隐私权，对丈夫、亲人和家庭义无反顾的捍卫。她的超然从容为她抵挡了学问著述之外的嘈杂，她的不妥协、不原谅则把她还原为一个常人而不是超人。身着隐身衣并非躲闪与逃避，也不是将自己低到尘埃里去。真正的隐身是需要大智慧大勇气的，在人所不见的地方，以远离虚名浮利的坚韧意志，定心明察，让灵性和思想的傲骨开出忧世且向善的花。

五

一次杨绛先生问到我的个人生活，说什么时候想要见见我先生。2013年春节前，我和先生同去杨绛先生家拜年。杨绛仔细端详着我的先生，扭头笑盈盈地对我说了夸奖逗趣他的话，那慈爱的神情，就像我的娘家人一样。我们聊了一些家事，还讲到我们的女儿。杨绛先生嘱咐说："下次来，送给我一张你们的全家福吧，照片背面要写上字呢。"2014年4月，我和先生再次拜访了杨绛。杨绛先生在生平与创作人事记中记录了这次见面："下午铁凝、华生同志来，说说笑笑，很高兴。"那确是一次轻松快乐的见面，杨绛先生维权胜诉后身心放松的平静心绪感染着我们，闲聊中只有凡俗的家常气。这些年，越是和杨绛先生见面，就越是感受到她身上的家常气。柴米油盐和学问著述从未在她这里成为对立。杨绛对亲人和家庭孜孜不倦的爱和护卫，则处处洋溢着她教养不凡的生活情趣和生活智慧。这样的情趣和智慧，在某种意义上以并不低于学问本身的魅力，伴她渡过难关，清明而无乖戾，宁静而不萎靡。我们遵嘱送给杨绛先生一张全家福照片，她看着照片上的女儿，叫着孩子的名字，好像孩子已经站在她的眼前。杨绛先生比我们的女儿整整大了一百岁，当她看着照片上的孩子时，仿佛时光倒流，她的神情刹那间呈现出稚童样的活泼。

我和我的先生不忍更多打扰杨绛，更不曾想到让孩子前去打扰。但我在今年春节前给杨绛先生拜年时（这也是我和杨绛最后一次在三里河家中见面），刚刚坐在她的身边，面容已显出疲惫、形态也显出虚弱的杨绛先生，开口便先问起了我们的孩子。她清楚、准确地叫着女儿的名字说："豆豆好吗？"这让我意外而又感动。事隔一年多之后，她还记得一个未曾见面的孩子。我相信，一百零五岁的杨绛，她爱的是天底下所有的孩子，这爱从来没有因为自己爱女的不幸离世而枯萎。她说过老人的眼睛是干枯的，只会心上流泪。她的心上"盖满了一只一只饱含热泪的眼睛"，她的眼光越过我们，祝福的是一个新世纪里更新的一代。我不愿相信，这是一位真正走到人生边上的世纪老人，对一个不谙世事的孩子最后一声问候。

读《杨绛全集》，杨绛写她和钱先生受困上海期间，"饱经忧患，也见到世态炎凉。我们夫妇常把日常的感受，当作美酒般浅斟低酌，细细品尝。这种滋味值得品尝，因为忧患孕育智慧"。在写到那段时间有人曾许给钱锺书一个联合国教科文的什么职位，被钱先生立即辞谢。"我问锺书：'联合国的职位为什么不要？'他说：'那是胡萝卜！'当时我不懂'胡萝卜'与'大棒'相连。压根儿不吃'胡萝卜'，就不受'大棒'驱使。"她写在当时的上海，谣言满天飞、人心惶惶的气氛中，"我们并不惶惶然"。"我们如要逃跑，不是无路可走。可是一个人在紧要关头，决定他何去何从的，也许总是他最基本的感情……我国是国耻重重的弱国，跑出去仰人鼻息，做二等公民，我们不愿意。我们是文化人，爱祖国的文化，爱祖国的文字，爱祖国的语言。一句话，我们是倔强的中国老百姓，不愿做外国人。我们并不敢为自己乐观，可是我们安静地留在上海，等待解放。"

读《杨绛全集》，我想起杨绛八十岁生日时夏衍先生所赠亲笔短诗："无官无位，活得自在，有才有识，独铸伟词。"其后，杨绛在九十六岁开始讨论哲学，自问灵魂去向，深思生死边缘的价值；九十八岁续写《洗澡》，成文《洗澡之后》。于是，《杨绛全集》便呈现出一种开放的、且读且新的气质。

我珍视和杨绛先生的每一次见面，也许是因为我每每看到这个时代里一些年轻人精致的俗相，一些已不年轻的人精致的俗相，甚至我自身偶尔冒出的精致的俗相，以及一些不由分说的尖刻和缺乏宽容、理性的暴戾之社会情绪，正需要经由这样的先行者，这样的学养、见识、不泯的良知去冲刷和洗涤。

一个不断崛起、日益被世界瞩目的民族，她的风骨、情怀与人文生态，仍然需要一代隐于人海的文化大家的长久滋养。我们的下一代，更下一代，当永怀赤子之心，真诚生活，才配得上这些秉持着智慧之烛，光照后辈的先贤们的问候和祝福。

在杨绛先生一百零五岁诞辰日之际，我写下以上文字，以表达对先生深切的怀念。

（原载《以蓄满泪水的双眼为舟》，三联书店 2016 年版）

10

秋天去看孙犁先生

◎付秀莹

早想去孙犁故里看看的。

大约，不单是因为孙犁先生的文采、人品和声名，也不单是为着，我也是河北人，燕赵大地的慷慨悲歌，滹沱河水的日夜流淌，都在我的魂里梦里了。然而，这心愿是早就种下了的，埋藏了多年。丁酉年秋初，终于去了孙遥城村。

一路上，过藁城，经深泽，往安平。只觉得故乡辽阔，山河浩荡。想起少年时代的很多往事，如在昨日。而今，竟忽然走到了人生的中途，那些曾共一段岁月的人，不知都去了哪里。

盛夏已逝，秋天降临了。天空高远，苍茫。天底下，是大片的田野，色彩浓郁，质感粗粝，宛如颜料任性泼在画布上。田野里的庄稼成熟了，等待着收割。空气里流荡着秋的气息，饱满的，丰盛的，甘美的，仿佛是一个孕妇，安静而满足，带着沉甸甸的欢喜，还有微微的幸福的倦怠。有几块闲云，悠悠地飞过来，飞过去。这是北中国的秋光呀。

村子不大，有一种日常的悠长的散淡和静谧。三五村人在自家门口坐着，说闲话。见一干人来，竟然态度自如。人家院墙上写着几个大字，孙犁故里。不知道谁家的花生已经收获了，在街边晾晒着。湿漉漉的，沾着新鲜的泥巴。我们顺手抓一把，剥开壳子就吃，也没有人管。新花生的滋味，仿佛这新秋，丰美的，芬芳的，饱含着汁液，不是多么热烈，有一种羞涩的柔情在里面。走着走着，迎面便是一座青砖院落，看上去，是上世纪三十年代北方民居的风味，黑的大门，门楣上书几个大字，孙犁故居，是莫言的手迹。进得门来，迎面是一个影壁，影壁前面种着一丛荷花。这个时节，荷花已经谢了，那荷叶倒是高高下下，青翠宜人，亭亭的，在风中微微摇曳着。叫人不由得想起那荷花淀上的胜景来，还有孙犁先生的名篇《荷花淀》里，那些纯朴勇毅的乡村女子们，有侠骨亦有柔肠，到底是燕赵大地哺育的女儿。

房子的格局是外院套着内院。外院有牲口房、磨房、门房、大车棚，还有孙犁先生的著作碑林。进了二门，便是内院了。内院有正房三间两跨，东西厢房，是极具中国风味的庭院。院子里种着两棵树，一棵石榴树，一棵枣树。屋门旁立着一只大瓮，是北方乡村常见的那种，黑色，有点笨拙，多用来盛水，也有人家用来盛粮食。这样的院落，这样的树，这样的青砖瓦房，秋风吹过，一院子树阴光影摇曳，恍惚间好像是回到了我的芳村。中国北方的乡村里，有多少这样的院落呢。那么亲切，那么熟悉，一股温情的潮水袭来，又甜蜜，又酸楚。我不知道，这亲爱的乡村院落，是不是会感受到，一个乡村游子内心里剧烈的摇晃。

北屋正房。迎门的条案上摆着孙犁先生的半身铜像。墙上是一幅中堂花鸟，一只五彩斑斓的雄鸡，单足着地，抖着火红的鸡冠子，回首凝视。两旁贴着对联：荆树有花兄弟乐，砚田无税子孙耕。

卧室在里屋。炕是那种北方乡村特有的土炕，铺着家织的粗布炕单，蓝白相间的格子，朴素而明快。炕上摆着一张小炕桌，上炕的人须得盘腿而坐。炕柜上放着几床被子，叠得整齐清爽。

也是蓝白格子粗布被面，白被头。也不知道，这被子是不是就是主人当年的旧物。这种家织的粗布，我是熟悉的。那时候，乡下的女子，谁不会纺棉花织布呢？我很记得，母亲就有一双织布的巧手。那种古老的织布机上，牛角梭哗哗哗哗飞来飞去，是那种民间劳作的欢腾和热闹。布匹下了机子，还要染色。这种蓝白格子，是最经典的图案。几年前，我从老家带来一块，一直放在北京家中的衣橱里。那是母亲在世时亲手织的，带着她的手泽，还有流年的消息。我常常拿出来，看一番，念一番。北方的乡村女性，虽说是荆钗布裙，却细腻幽微。一颗慧心一腔柔肠，怕是都在这飞针走线的经纬之间了。难怪孙犁先生笔下有那么多好女子，叫人心心念念难忘。炕旁边的桌子上，是一面老式镜子，底座上雕着花纹，同我家当年的一样。窗子是那种老式的格子窗，糊着粉连纸。阳光透过窗子照进来，落在炕上，落在对面墙上的镜框里。镜框里是一些老照片。孙犁先生不同年代，跟家人的合影。那些好时光，都被定格在滔滔岁月里的某一瞬，没有色彩，没有声响，只留下黑与白的刹那，刹那便成了永恒。照片下面的柜子里，是孙犁先生的一些旧物，穿过的棉袄，戴过的帽子，那副著名的套袖，蓝色的旧套袖，铁凝曾在一篇文章里写到过。而今，它们安静地在这老屋里守候着，仿佛是在等待着有一天，旧主人风尘仆仆归来。

窗前的花池里种着一大丛花，灼灼的开得正盛，却叫不上名字。石榴树上结满了果子。累累垂下来，把那枝条都坠弯了，只好用几根竹竿支撑着。枣树上也结了很多枣，繁星一般，在枝叶里闪闪发亮。河北乡下有句话，七月十五红半圈儿，八月十五枣落竿儿。那枣们虽刚红了半圈儿，却又甜又脆，十分馋人。微风吹过，有熟透的枣落下来，噗的一声。

树犹在，而人已远行了。满树的繁华一院子的秋色，叫人莫名的惆怅，莫名的伤怀。

秋风浩荡，吹过村庄，吹过田野，吹过这简朴的农家小院。中国有多少这样的村庄呀。多少小民百姓在村庄里，世代更替。永世的悲欢，隐秘的心事，都终被秋风吹散。散了，再也寻不到了。而文学，是抒发，是想象，是铭记。是我们曾来过这人世一遭、不容篡改的凭据。这普通的北方乡村的院落，简朴，恬淡，沉默，然而，它注定是要留在中国文学史的书页间了。

想起来书房里，孙犁先生手书的那块匾额：大道低回。

（原载《南方周末》2019 年 5 月 30 日）

11

汪曾祺与黄裳

◎孙郁

　　黄裳去世后，关于他与同代文人的关系，引起诸多议论，想来颇为有趣。黄裳是难得的文章家，一生往来于学界、文坛之间，朋友甚多。钱锺书、汪曾祺都与其有交往，留下的话题牵涉学术史与文学史的神经。其间与汪曾祺的友情，是颇可一谈的。

　　汪曾祺年轻时在上海做过中学教员，工作不遂心，他写信给自己的老师沈从文，希望换一个地方。沈从文觉得他文字好，通美术，也许到博物馆更为合适。于是给在南京博物馆的两个画家李霖灿、李晨岚去信，时间是 1947 年 2 月，信中说：

我有个朋友汪曾祺，书读得很好，会画，能写好文章。在联大国文系读过四年书，现在上海教书不遂意。若你们能为想法在博物馆找一工作极好。他能在这方面做整理工作，因对画有兴趣。如看看济之先生处何想法，我再写信给济之先生。①

沈从文的推荐，一时没有见效。汪曾祺显得无可奈何。而这时候他结识了黄裳、黄永玉，便在枯燥中平添了诸多趣事。

黄裳在上世纪 40 年代便有名气，随笔天分高，乃沪上名笔。汪和他一见如故，两人同逛书铺，相饮而歌，在那时候是密切的一对。黄裳《故人书简·记汪曾祺》云：

认识汪曾祺，大约是 1947 年至 1948 年顷，在巴金家里。那里经常有萧珊西南联大的同学出入，这样就认识了，很快成了熟人。常在一起到小酒馆去喝酒，到 DDS 去吃咖啡，海阔天空地神聊。一起玩的还有黄永玉。

①《沈从文全集》第 18 卷，北岳文艺出版社 2002 年版，第 465 页。

为什么到巴金那里去，大概是沈从文介绍的，也许与萧珊熟悉也是一个原因。西南联大的学生喜欢扎堆，那是自然的。汪曾祺由于多重因素而受到巴金的提携，是一直念念不忘的。我有时想，如果不是因为喜欢小说，汪曾祺说不定也会成为黄裳那类人物。我读汪氏的一些笔记，谈古书与艺林旧事，风雅毫不逊于黄裳，有的更为传神，但他偏偏没有在这条路上走下去，注意的倒是《聊斋》式的笔意，写人间草木与凡人逸事，于是运笔就有了黄裳少见的韵致。那是小说家的天赋，其文介于故事与谈话之间，诗词与序跋之间，就超出了一般文人的格局。对比鲁迅与周作人，我们就可看出，前者的峻急、深幽，是小说与哲思的对碰，延伸着张力，而后者止于小品之调，遂不出明清文人的笔记，灵动的一面就少了。小说家写随笔，倘通些旧学与西学，有点杂家气，就比一般的散文家高明。孙犁、叶兆言的文字在某些方面就是要比一般散文家有宽度与深度的。

　　黄裳的文章多，勤于书话，是不可多得的杂家。汪曾祺在学问上大概要逊于他。黄裳虽为报人，却很留意学问家的动向。对版本学与文物情有独钟，见识不凡。他的文章介于周氏兄弟之间，谈历史掌故与文人习性，飘逸多姿，为文坛中罕有之人。钱锺书、沈从文、俞平伯都看重他，在报人中，被学界认可的读书人，他可能是最重要的。

黄裳回忆汪曾祺时，言及当年的通信，有一封 1947 年的信件，汪曾祺的语言很怪，对黄裳很有好感，也能够看出彼此的友情：

> 黄裳仁兄大人吟席。仁兄去美有消息乎？想当在涮羊肉之后也。今日甚欲来一相看，乃舍妹夫来沪，少不得招待一番，明日或当陪之去听慧珠，遇面时将有的聊的。或亦不去听戏，少诚恳也。则见面聊些什么呢？未可知也。饮酒不醉之夜，殊寡欢趣，胡扯谈，莫见怪也。慢慢顿首。[1]

看此信，能嗅出汪曾祺年轻时候的狂傲的气息。喜酒、爱戏，加之交友之乐都有。他和黄裳对戏剧都有研究，彼此写过一些谈戏的文章和信件。这大概也可以说是一种旧式文人的爱好。

---

① 苏北：《一汪情深——回忆汪曾祺先生》，上海远东出版社 2009 年版，第 6 页。

那时候的黄裳、黄永玉对汪曾祺都很看重，以为大有潜力。他们之间的互相欣赏，现在看来也是一个佳话。

我编副刊时，刊发过黄裳、汪曾祺的文章，印象是精善秀雅，字迹好，有书法家的痕迹，文章舒朗自在，学识暗含其中。他们阅读面广，读人亦深，文章是有力度的。近几十年间，讲版本与藏书的文章，能及黄裳者不多，而言草木虫鱼，汪曾祺则是佼佼者吧。他们在一些地方有些神似，尤其涉及明清前后的野史，连叙述的口吻都是一样的。如黄裳《倚声初集》：

南陵徐氏所藏诗余最富，年来余所收不少，多明刻善本及清刻零种，曾嘱书友更为余致之，久而无所得，亦淡忘之矣。一日过来青阁，见架上有旧本诗余数种，即得其康熙刻之古今词汇三编，有积余藏印，即寻书出谁何，估人告积余生前以词集二十许箱售归林葆恒，即卷前钤印之䏻庵也。为之狂喜，即嘱陆续更为余致之。一月后乃见此本及荆溪词、瑶华集、记红集、词洁、留松阁十六家诗余等，以百金易之。皆罕见难求之册，一旦收之，大快事也。①

---

① 《来燕榭书跋》，上海古籍出版社1999年版，第269页。

这样的文章很好玩，学识见解都有，是殊为难得的。黄裳的学识与见解，汪氏颇为欣赏，他在讲到在上海逛书摊时，提及了这位书友。《读廉价书·旧书摊》云：

在上海，我短不了逛逛旧书店。有时是陪黄裳去，有时我自己去。也买过几本书。印象真凿的是买过一本英文的《威尼斯商人》。其实大概是想好好学学英文，但这本《威尼斯商人》始终没有读完。

我倒是在地摊上买到过几本好书。我在福煦路一个中学教书。有一个工友，姑且叫他老许吧，他管打扫办公室和教室外面的地面，打开水，还包几个无家的单身教员的伙食。伙食极简便，经常提供的是红烧小黄鱼和炒鸡毛菜。他在校门外还摆了一个书摊。他这书摊是名副其实的"地摊"，连一块板子或油布也没有，书直接平摊在人行道的水泥地上。老许坐于校门内侧，手里做着事，择菜和清除铁壶的水碱，一面拿眼睛向地摊上瞟着。我进进出出，总要蹲下来看看他的书。我曾经买过他一些书——那是和烂纸的价钱差不多的，其中值得纪念的有两本。一本是张岱的《陶庵梦忆》，这本书现在大概还在我家不知哪个角落里。一本在我来说，是很名贵的：万有文库汤显祖评本《董解元西厢记》。我对董西厢一直有偏爱，以为非王西厢所可比。汤显祖的批语包括眉批和每一出的总批，都极精彩。这本书字大，纸厚，汤评是照手书刻印的。汤显祖字似欧阳率更《张翰帖》，秀逸处似陈老莲，极可爱。我未见过临川书真迹，得见此影印刻本，而不禁神往不置。"万有文库"算是什么稀罕版本呢？但在我这个向不藏书的人，是视同珍宝的。这书跟我多年，约十年前为人借去不还，弄的我想到用汤评时，只能于记忆中得其仿佛，不胜怅怅！ ①

对比二人的文字，彼此的个性就看出来了，黄裳一旦进入版本话题，就十分专业，愈说愈深，痴意绵绵。汪氏则偏于经历与书的漫谈，他的书趣之乐固然很多，而不及书外的人与事更引人为乐。孙犁好像也有一点类似的样子，记得读过一篇《野味读书》，与汪曾祺行同一调，此为小说家笔法，自然有些弦外之音的。

---

① 《汪曾祺全集》第3卷，北京师范大学出版社，第37页。

说起来二人的性情，在一点上是相近的，那都是慈悲的人，对现代革命的态度是积极的。风潮来了，被裹进去，也并不焦虑，不前不后，不高不低，跟着走就是。对比张中行这样的人，他们就"入世"得很，看人看事还是有一般的伦理尺度的，或者说是不逾矩。而张中行是逾矩的，因而走得就比常人远，此乃哲人之旅，常人怎么及之！

但随着大流走，并非没有操守，二人至少在审美追求上，是逆社会潮流而动的，他们在喧哗的岁月里保持了一份宁静，以沉潜之笔画出山河之色与人性之光，都是深远的存在，读之可久久驻足。写作并非都是自娱，也有抵抗的意味。社会都如此就好吗？个性的表达都该有自己的空间，何必与人一样呢？所以，对他们来说，能在有限的园地，拓出一点未曾有的颜色，冲出荒凉所在，也是一种快慰。傅山的书法与散文，在明末大放光芒，大概就是逆俗所致。徐文长晚年灵光外现，以凡笔而写出神韵来，也是对流俗反抗所致。黄裳与汪曾祺不是不知道此点，他们有时就走着类似的路，众人皆醉我独醒，众人皆醒我却醉，总要和世界有点距离的。

汪曾祺晚年出名之后，脑子并不发热，有几个人他是佩服的。一是孙犁，一是黄裳，因为那文字有常识与情调，而且二人都是革命队伍过来的人。革过命的人，并非都横刀立马，有时候不免有小桥流水和曲径通幽的趣味。在汪曾祺看来，社会变革与人间潮流，抗不了是真的，只能顺。但顺之中，也要有点小反抗，不被风潮把自己卷得太远。在无人的地方，慢慢地行走，心与上苍交流，世道人心，总免不了凄风苦雨，而文章家的乐趣，乃在于建了自己的亭子，在风雨之日寻了片刻宁静。读这些人的书有时就觉得，人生有时停下来，不急于走路，环视四周，也内看己身，是很好的。

许多年后，黄裳回忆与汪曾祺的交往，还留下了这样一段话：

回忆 1947 年前后在一起的日子。在巴金家里，他实在是非常"老实"、低调的。他对巴老是尊重的（曾祺第一本小说是巴金给他印的），他只是取一种对前辈尊敬的态度。只有到了咖啡馆中，才恢复了海阔天空、放言无忌的姿态。月旦人物，口无遮拦。这才是真实的汪曾祺。当然，我们（还有黄永玉）有时会有争论，而且颇激烈，但总是快活的，满足的。我写过一篇《跋永玉书一通》，深以他俩交往浸疏为憾，是可惜两个聪明的脑壳失去碰撞机会，未能随时产生"火花"而言。是不是曾祺入了"样板团"、上了天安门，形格势禁，才产生了变化，不得而知。

……

20世纪80年代前后，我有两次与曾祺同游。一次是随团去香港访问。不知曾祺是否曾被邀请作报告，我是有过经验的。推辞不掉，被邵燕祥押赴会场（燕祥兄与陆文夫似同为领队），并非我不喜欢说话，实在是觉得那种在会场上发言没有什么意思。又一次与曾祺同游，一起还有林斤澜、叶兆言负责照顾我们的生活，从扬州直到常州、无锡，碰到高晓声、叶至诚。一路上逢参观学校，必有大会。曾祺兴致甚高，喜作报告，会后请留"墨宝"，也必当仁不让，有求必应。不以为苦，而以为乐。这是他发表《受戒》后名声鹊起以后的事。[1]

黄裳的回忆里透出许多信息。他们相知的深没有问题，但彼此差异较大，也是可以看出来的。报人做久了，厌倦应酬是自然

---

[1]《也说汪曾祺》，引自《一汪情深——回忆汪曾祺先生》，上海远东出版社2009年版，第3页。

的。可是汪曾祺晚年并不拒绝应酬，也许是真的没有耐得住寂寞吧。他喜欢与青年人交往，交游也是不反对的。这在黄裳看来大概有损文气，应引起警觉。所以他和汪曾祺不同的是，更能沉潜下来，默默地在书海里游走，不为外物所扰。汪曾祺不得高寿，乃痴心于现实的美意，自己深陷艺术的享受里，饮酒、游玩，散失了许多时光。不单纯隐含在诗意里，而是多享世主义式的快慰，这样的洒脱，黄裳没有的。他清秀的文笔也透露出一种寂寞来。唯有诗情是可以自娱的。寂寞也有美，黄裳似乎是这样的。

在精神的气质上，黄裳先追随周作人，后靠近的是鲁迅传统，可一生也没有摆脱周作人的影响。而汪曾祺与鲁迅隔膜的地方很多，道是不同的。一是没有鲁迅式的批判意识，不喜欢金刚怒目式的存在；二是认为安静的文字可能紧接人性的深处，总有美妙的一面，比如沈从文就是这样。黄裳是喜欢打笔墨官司的人物，对不喜欢的东西，愿意说一些刺耳的话。表里一致，也未尝没有偏执之处。汪曾祺有牢骚多在私下说说，很少形诸笔墨，以和为贵，不伤于人。这样的选择，是审美的差异，其实未尝不是人生观的差异。在散文的写法上，黄裳趋于古朴，汪曾祺则是清淡也有，温润也多，更有些意思。他们的文章，在中国是少有的好的。而汪氏富有变化，那是黄裳不及的地方。

汪曾祺在内心是佩服黄裳的，因为他有学问，文字也属于高水准的。1988 年，香港要搞一个飞马奖，奖励中国的作家，他推荐了黄裳，但黄裳拒绝了。汪曾祺当时如何想，不得而知。从他们晚年的情形来看，路径真的不同，好像也有隔膜的地方。黄裳越来越像个学者，汪氏则还是社会的游走者，随意而好玩。我们把这两个老人的故事放在一起审视，会发现许多有趣的存在。人间的路，总是不同为好。各自的行走，有着各自的快慰无疑。他们给我们带来的话题，有时想来，是可久久回味的。

（原载《书城》2013 年第 9 期）

12

病危中的路遥

◎张艳茜

七号病房

1992年秋天的古城西安，刚刚经历了一个闷热难熬的夏天。进入十月，难得秋日的阳光善解人意的温柔，随意地以不太充沛的体力，洒向病房门前的那片茸茸绿草地上。阳光似乎带着微笑，又穿过七号病房南边的窗户，自然而祥和地照进病房，散落在靠窗户的病床上。

在西京医院传染科七号病房病床上，躺了有一个月的路遥，已经没有力气迈出七号病房的房门，去享受多情的阳光笑脸。现在，他只能倚在床头垫高的枕头上，将头侧着望向窗外——表情里满是向往。

路遥的脸色灰灰地泛着黄。浮肿着的眼皮，似乎很重，闭合之间都会伤着元气一样。

穿过窗户的阳光，照耀着空气中的尘埃，上下飞舞，闪烁着星星点点的光亮。路遥的目光穿过这些飞光闪闪，注视窗外。此时，窗外的树上正有几只小麻雀唧唧喳喳欢快地鸣叫，舞蹈，梳理着褐色的羽毛。

路遥听着看着，眼神由闪着光亮的惊喜，渐渐暗淡到忧伤。

曾经站立着的路遥，虽然一米七的个头不算高，身材却十分魁梧，虎背熊腰的；粗壮有力的双臂，还有稳健的、肌肉暴突的大小腿。而此刻躺在病床上的路遥，嘴唇是乌黑的，眼周是乌黑的，眼仁却是黄黄的。圆圆的胖胖的脸庞不见了，曾经厚实的大手，也没有了往日的圆润光泽。他那松弛的手背，因为天天要打十几个小时的吊针，布满了打点滴的针眼儿。手指的骨节凸出，指甲盖夸张地显大。路遥仿佛骤然间身体萎缩而瘦小了好几圈，像是毫无过渡就突然进入寒冷冬季的老榆树，枯黄、干瘦、缺少生机。他的身形薄薄的，又短短的，在病床上蜷曲着，只占了病床的三分之二。

路遥把重新站起来的希望都寄托在医生们身上了。他说：只有你们能救我，我的命就交给你们了！

然而，当 1992 年 9 月 5 日，路遥从延安人民医院回到西安，当天晚上八点，医院就下了病危通知：肝炎后肝硬化，并发原发性腹膜炎。

路遥的肝脏已经失去了供给体能需要的功能。医生们清楚，他们所能做的，是尽力控制病情，尽可能地减轻路遥的病痛，进而延长路遥的生命。

七号病房堆满了小米、大米、面粉、黄豆，还有陕北的酱黄豆、黑豆和压扁了的犹如铜钱一样的钱钱豆等等各种食品，还有源源不断的探视者送来的各种水果。病房里仍然是为路遥破例，允许用电炉子、电热杯。

在七号病房住院的两个多月时间里，起初，路遥能被搀扶着走下病床，去上卫生间，后来便难以下病床了。手上脚上的血管到后来硬得连针都难扎进去。在医院服侍路遥的，是他的小弟弟九娃——大名王天笑，和路遥故乡清涧县的一位业余作者张世晔。两个小伙子，尽心尽力地照顾着重病的路遥，但毕竟是两个大男孩，连自己的生活都做不到精细入微，粗手大脚的，累活脏活能干，做饭烧菜就不在行了。

住院医生康文臻，担当了路遥的治疗工作和照顾路遥生活的重任。路遥住院的那段时间里，康医生生活中最重要的一个人，就是路遥了。她是接触路遥最多的医生，性情温和的她只有二十六岁，不仅要负责路遥的治疗工作，还要忙于自己的研究生实验课题。

因为路遥习惯了晚睡晚起，早晨洗漱完毕都九点多了，康医生为路遥改变了每天的查房时间，约莫路遥起来了再去七号病房。中午下班前再去一次，下午也是两次进七号病房。晚上下班后，又将路遥爱吃的手工切面在家中做好，再送到七号病房路遥的病床边。康医生每次做的饭菜也是不同样的，有时烧一个青菜豆腐，有时是一碗鲜美的鲫鱼汤。路遥在西京医院传染科住院的近一百天时间里，几乎天天如此，不曾间断。

路遥从延安刚转院到西京医院传染科的第二天，护士宇小玲见到的是一个面容老相、脸色晦暗、情绪低落的路遥。

那天中午，宇小玲为路遥端来一碗柳叶面，那面汤里配了菜叶，青青白白的。宇小玲对不想吃饭的路遥说：您看这面多可爱呀，我都想吃了呀！

路遥被护士宇小玲柔声细语哄小孩吃饭的语气逗笑了。多日来的坏情绪见了晴天。

吃过了饭，宇护士又为好久没有洗澡的路遥做生活护理。先为路遥洗了又长又乱、成了一缕一缕的头发。洗干净了头发，又为路遥擦背，这让路遥很不好意思，说什么都不让擦。宇护士只好用医院的制度开导路遥，说：这是医院的规定，况且在护士面前只有病人，没有性别。您就想着您和我都是中性好了。

路遥难为情中服从着护士的"摆弄"，嘴里迭声说着感谢的话。擦干净了后背，宇护士又要为路遥洗脚，发现路遥长着又厚又长的灰指甲，就要帮路遥剪指甲。

路遥不好意思地急忙将脚藏起来，慌忙说：使不得，使不得，怎能叫你干这个？再说，指甲长老了，剪不下来的。

耐心的宇护士笑着说："没有关系，我有办法。"然后，宇护士打来一盆热水，把路遥的脚泡在热水盆里，泡了两个小时后，宇护士捧起路遥的脚，一下一下地精心剪着路遥厚厚的灰指甲。

此时的路遥，忍不住背过脸去，眼角溢出的泪水缓缓流淌在面颊。

探视时间

1992 年 10 月 11 日，这一天是星期天，路遥的女儿远远要在这一天来医院探视。今天，路遥要打起十二分的精神，因为女儿的到来。

小弟弟王天笑准备好了洗漱水，路遥趴在床边，用黄瓜洗面奶洗了脸，这是女儿远远建议的。远远说，用黄瓜洗面奶洗脸，会让爸爸粗糙的皮肤显得细腻年轻。远远的话对路遥来说，就是圣旨。路遥从此听从远远，坚持用黄瓜洗面奶。

虽然没有力气，虽然病体难支，但是，路遥每天的刷牙却从不间断，而且刷得非常认真，上上下下、里里外外，丝毫不马虎。

《人生》中，那个痴情的姑娘刘巧珍，是为了让心爱的男人喜欢，才站在河畔上刷牙的。

10月11日早上八点半，轻轻的敲门声响起。接着，七号病房的门，慢慢地被打开。进来一个人，路遥将专注的目光从窗外调转过来，看到了进来的人，路遥很高兴地叫着："合作！"又说，"今早数你来得最早。"

来探视路遥的人，是榆林地区群众艺术馆的朱合作，也是路遥清涧县的老乡。朱合作遗憾地说，还应该再早一点的，可是被挡在住院部门外等了半小时哦。

护理路遥的小弟弟天笑，见到来了清涧老乡，也非常兴奋，热情招呼朱合作，并接过朱合作带来的苹果。

路遥看见朱合作带来的苹果，对已经忙完的小弟说，酸苹果好吃。先给朱合作削苹果。看着朱合作吃苹果，路遥又说，我也想吃了。天笑也给路遥削了个苹果。路遥侧身斜躺在床上，拿着苹果，费力地咬了一口，品榨出果汁。朱合作在路遥枕头边放了一张卫生纸，让路遥将苹果渣吐出来。路遥吃得很香，一个大苹果不一会儿就吃光了。

九娃天笑也给自己削了个苹果，可是苹果没拿牢，掉在地上，九娃把苹果捡起来，又将苹果削了一遍。路遥看着九娃将苹果肉削多了，心疼地说，这咋行呢？做什么都失慌连天的。说得九娃不好意思地笑了。

然后，路遥和朱合作拉家常，聊到自己的病情，路遥说："我这病非得不可。我光在街上就吃了十几年饭。"

朱合作知道这个话题过于沉重，不动声色地跳转话题，说起在《女友》杂志上读到连载的路遥创作谈——《早晨从中午开始》，这让路遥十分兴奋，详细询问朱合作看的是哪一期？写的是哪部分的内容？路遥认真地听着，神情自然流露出欣慰，说："很快要出单行本了。"

欣慰的路遥又说，陕西省组织了西北地区最好的肝病专家给他会诊，主治医生是前任西京医院传染科的主任，本来已经不再看病，而是专心科研和著书，这次为了他又亲自担任了主治医生。路遥很有信心地说，省委省政府对他的病很重视，专门拨了专项医疗费治病。待病情好转之后，可以选择全国最好的疗养胜地疗养。并且可以去两个人陪，一个是亲属，一个是工作单位的陪护。说到这里，路遥笑着说："省上这回是重视结实了。省委省政府抢着给我治病哩。"

朱合作来探视之前，在陕北听到住院的路遥，病情十分严重，经历过几天的肝昏迷，并且，前一两天，路遥吃苹果还只能喝一点榨出来的苹果汁，今天看来病情和心情都有好转。

现在，路遥继续着聊天的兴致，说起朱合作的女儿，多了许多柔情，夸赞着："你那狗儿的可聪明了。"

夸着朱合作的女儿，自然要想到自己的女儿，路遥的柔情更多了几分："我那狗儿的比我还坚强。我这回得了这个病，那狗儿的信心比我还大，对我说，不要紧，叫我好好治。今天是星期天，过一会儿她也来呀！"

突然，路遥冒出一句："我那老婆咋就跑了呀！"说着，感伤地合上眼睛。

话题再次陷入沉重。朱合作赶紧调整："你现在主要是治病，只要把病治好了，就一切都有了。"

路遥说："我这病就这样凑凑合合一辈子了。肝硬化，麻烦的是有点腹水，不过是早期。我尔格（陕北方言意为现在）已经能吃五两粮了。"

自然，这是医生们和朋友们没有将实情告诉路遥，将肝硬化晚期只说成是早期，心理上的迷幻剂，让路遥对自己的身体树立信心，保持良好的精神状态，对配合治疗十分关键。

知道路遥对榆林的中医非常信任，朱合作顺着路遥的思路宽慰着：等到西安的医院治疗得差不多了，就回咱老家榆林。咱再继续看榆林的中医。

这话路遥很爱听，路遥接着说："等我出院以后，我先回王家堡老家，让我妈把我喂上一个月。我妈做的饭好吃，一个月就把我喂胖了。然后，再到榆林城盛（住）上一段时间。你回去打听一下，谁治肝病最能行。等我病好了以后，咱们和张泊三个人，到三边走上一回。以前常没有时间，以后咱不忙了。让张泊把历史给咱们讲上，他会讲那方面的事哩！"

这时，七号病房的门再次被推开，进来了一个操着延安口音的小伙子，小伙子说，他一方面是来看望病重的路遥，另一方面，是想把《平凡的世界》改编成礼品式的盒装连环画，小伙子说，出版经费已经基本落实，想让路遥写一张信函，便于小伙子与出版社联系。

这位小伙子，就是《平凡的世界》连环画的绘画作者李志武。

路遥被扶着斜坐在病床上，找了张纸，但找不到能用的钢笔，朱合作刚好身上带着钢笔，就脱了笔帽递给路遥。

路遥一边写着信，一边不停地对朱合作说："这人画得好！

绘画的《平凡的世界》水准不低。"

由于身体虚弱，路遥写的信，很不工整，一行比一行更向右边偏着，只有落款处"路遥"两个字，基本上与他往日的签名一样，有着自信洒落的气质。

年轻的画家李志武等待着路遥写好了信，又对路遥有了新的请求，希望在正式出版这套连环画前，能得到路遥为此书写的序言。

路遥说："序言恐怕写不成了。我尔格手拿着笔都筛得捉不稳了。到时候，我题上个词。"

年轻的画家走后，七号病房又走进来三四起看望路遥的朋友们，大家说着几乎一样的宽慰话："路遥，没有关系，好好养病，会好起来的。"个别的，会给路遥出主意，说气功可以治好很多病，劝路遥学一点气功。还有的看到瘦弱的路遥，心疼不已，嗔怪着："谁让你要那个茅盾文学奖哩，以后再不敢拼命写文章了！"

1992 年 10 月 11 日的上午，西京医院住院部传染科七号病房，先后有三四起探视路遥的人。上午十点半左右，病房里终于安静下来。路遥闭上双眼，静静地躺着，不断地接受各类朋友的探视，消耗着路遥的精气神。这时，就像窗外的小麻雀欢快的叫声一样，女儿远远叫着爸爸，爸爸，跳跃进了七号病房。路遥突然睁开双眼，目光明亮而柔情，嘴里回应着："毛锤儿！"

毛锤儿，是路遥的老家陕北清涧乡下人对自己娃娃的昵称。

路遥目不转睛地看着来到自己身边的宝贝女儿"毛锤儿"远远，整个人仿佛都被女儿团团的圆圆的红扑扑的小脸蛋照亮了。

我的"毛锤儿"

有好长时间路遥没有见到宝贝女儿远远了。过去是忙于自己的创作，现在却是在传染病房里。

做父亲的路遥，对女儿远远怀有太多的歉疚。他与孩子在一起的时间太少了。所以，每次和女儿在一起，路遥都要在自责中去想，该怎样做才能弥补一下亏欠孩子的感情呢？

在女儿远远小的时候，每当路遥离家很久再回到西安家中，路遥总是将自己变成"马"变成"狗"，在床铺上、地板上，那时的路遥，四肢着地，让孩子骑在身上，转圈圈地爬。然后，又将孩子举到自己脖颈上，扛着她到外面游逛。孩子要什么就给买什么——路遥非常明白，这显然不是教育之道，但他又无法克制。

1991 年的春天，已经获得茅盾文学奖的路遥，难得能在西安轻松地休息一段时间。有一天，远远要参加学校组织的春游活动，慈父的路遥柔声地问远远："毛锤儿，明天路上想带些什么吃的呀？"

依偎在爸爸怀中，远远撒娇地给爸爸一二三四说了一长串需要购置的东西，路遥一一记在心中。怀揣着购物清单的路遥立即上街，在西安的食品店里买了一背包的食物和饮料，只有一样食品——三明治，已经走了几家食品店了，仍然不见有远远清单中想要的三明治。

路过一家西安的小吃——肉夹馍的店铺，路遥只向店铺门口摆放的一个厚墩墩的菜墩子上望了一眼。

肉夹馍店铺的店伙计正在一手拿着菜刀，哪哪哪，很有节奏地剁着一块色泽红润、流着肉汁、有肥有瘦、类似红烧肉——西安人称之为"腊汁肉"的肉块。伙计的另一只手，握着一个长柄的汤勺，剁肉时，汤勺挡在刀的另一侧，以防肉汁溅到身上。

路遥平素是闻不得大肉的油腻味道的。那是因为"文化大革命"初期，运动开始后，曾经一个吃不饱饭的穷孩子——当时的王卫国，后来的路遥，突然间，不仅天天能吃上饭，而且还能放开肚子吃猪肉。就是因为那段日子吃的肉太多，把路遥吃伤了，从此猪肉不再入口。

眼前的腊汁肉夹馍，倒是气味浓郁醇香，被西安人骄傲地称之为"中式汉堡"。但是，女儿远远要的是西式三明治，怎能用中式快餐替代呢？路遥毫不犹豫地走过肉夹馍店铺，继续寻找三明治。

女儿远远这一代人，是接受洋快餐长大的，或者说，孩子就是吃个新奇。不像路遥，从小到大，只要能吃饱饭，哪有可挑剔的食物哦。自己那受苦的肚子，到现在，爱吃的食物也就是那几样陕北饭——小米粥、洋芋馇馇、钱钱饭、揪面片……

又跑了几家食品店，仍然没有买到三明治。路遥由这洋快餐联想到涉外酒店，他暗自思忖，必须改变思路，不能在普通的食品店里寻找，说不定那些常常接待老外的酒店里会有的。于是，路遥折转身，向距离陕西省作协院子不远处的一家五星级酒店——西安凯悦酒店走去。

二十世纪九十年代初，西安的五星级酒店寥寥，能踏进酒店的门，都会被路人用羡慕的目光盯着看好久。

大步走进凯悦酒店的路遥，直奔西餐厅。迎上来的年轻女服务员微笑着询问，请问先生，有什么可以帮助您的？

路遥说，有三明治吗？得到女服务员肯定的回答，路遥心里顿时轻松下来，高兴地说：买两块三明治。

时间不长，女服务员端上来包装精美、两块肥皂大小的盒子。服务员说，一共六十元。

那时候，大家的工资都很低，路遥的工资也不高。即使是现在，人们也难以接受，花上六十元钱，去买两块肥皂大小、不过是中间夹着几片黄瓜西红柿和薄薄一层肉片的两片面包片啊。

当时的路遥也不能接受。他恐怕自己听错了，又问了服务员一遍。没有错，得到的回答很明确：一块三十元，两块六十元。

路遥当场愣怔着。可是面对周到漂亮的女服务员，路遥骑虎难下，既已让人家拿出来了，怎么好意思转身逃走？无奈，路遥硬着头皮买下这两块三明治。付了钱从酒店出来，路遥还是暗自叫苦——实在太贵了。

迈着扑扑踏踏的脚步，回到居住的陕西省作协院子，路遥一直走进《延河》编辑部副主编晓雷的办公室。见到晓雷和李天芳夫妇，路遥将刚才的经历告诉了他俩。路遥边说边从背包里小心地拿出精致包装的盒子，问晓雷和李天芳夫妇："猜猜，这两块三明治花了我多少钱？"没有等到夫妻俩回答，路遥接着说："六十块！"然后，路遥又宽慰地说，尽管很贵，但总算满足了远远的心愿。

第二天，远远去学校前，路遥又从头到脚检查远远的装备，水壶的水满不满？巧克力够不够给小朋友分？样样都问到了。还一再嘱咐女儿，不要去玩水，不要去爬山，以免危险。这时候的路遥简直成了最细心的保姆。

远远是路遥心中真正的太阳，可以为女儿摘星星摘月亮，就是不要让自己的"毛锤儿"受一点委屈。

路遥曾问女儿："你最喜欢什么呀？"

远远不假思索地说："我喜欢音乐。"

听了远远的话不久，路遥就拿出积攒的稿费给远远买了一架钢琴。那几天，路遥家里进进出出的都是远远的小朋友，远远邀集了陕西省作协家属院的小朋友们到他们家来看新买的钢琴，"十几双小手像雨点一样拍打在黑白键上，满屋子的钢琴轰鸣声震得路遥如痴如醉"。

怎奈，孩子对钢琴的好奇与兴趣非常短暂。几天后，远远走到爸爸跟前说："爸爸，我们的音乐老师说，我的手指太短了，不适合弹钢琴。"

路遥听了，捧起女儿胖胖的小手，看看自己的手指又看看女儿的手指，脸上露出了凄楚的笑容，对女儿说"都怪爸爸，都怪爸爸！"从此，钢琴成了女儿房间里的摆设。

现在，女儿远远来到路遥病床旁，路遥细细端详着他的"毛锤儿"："毛锤儿"的脸庞像极了爸爸，眼睛像极了爸爸，鼻子、嘴巴也同样像极了爸爸。

路遥看着想着，唯一不能像爸爸的就是，他的"毛锤儿"不能像他一样过苦日子。然而，现在，自己躺在病床上，完全不能照顾上女儿，而女儿的妈妈林达也不在女儿身旁。这如何不让路遥撕心裂肺地痛呢？

路遥竭力不表现出来内心的痛苦感受，他要好好享受与女儿在一起的短暂相聚。路遥对朱合作、九娃天笑，还有远村说："你们先出去一下，我和毛锤儿拉会儿话。"

也就是二十多分钟之后，路遥让几个人重新回到病房里，说他和毛锤儿的话拉完了。

但是，显然，他说"他和毛锤儿的话拉完了"不是真的。因为路遥又开始询问远远，这些天吃饭的情况和学习的功课情况。

远远的妈妈林达去了北京，现在，刚上初中的远远小鬼当家，一个人独自生活，虽然雇了小保姆，但是，小保姆年纪小，好多家务事都不会料理，有时候还要同样年纪小的远远指导着做饭。路遥了解到这些，无奈与痛苦写满了泛黄的面颊，禁不住看着远远红扑扑的小脸深深地叹气。

毕竟是传染病房，尽管路遥不愿意让远远很快离开他，但是，又不忍心让女儿远远在病房耽搁时间太长，影响第二天的功课，只过了一会儿，路遥便不舍地让远村将远远带走了。

离开七号病房的远远，说什么都不会相信，她与父亲路遥在一个多月之后，便从此河汉相望，失去了疼她爱她的父亲。

（原载《作品》2012 年第 1 期）

13

我去地坛，只为能与他相遇

◎杨海蒂

永远忘不了中学时期，我在课堂上偷偷阅读史铁生作品《奶奶的星星》的情形，当读到"奶奶已经死了好多年。她带大的孙子忘不了她。尽管我现在想起她讲的故事，知道那是神话，但到夏天的晚上，我却时常还像孩子那样，仰着脸，揣摸哪一颗星星是奶奶的……我慢慢去想奶奶讲的那个神话，我慢慢相信，每一个活过的人，都能给后人的路途上添些光亮，也许是一颗巨星，也许是一把火炬，也许只是一支含泪的烛光"这一段时，我泪水开始哗哗地流，只好把头埋得更深，不断用衣袖拭去泪水。同桌惶恐不安，老师莫名其妙……我也是奶奶带大的，我的奶奶也这般善良，也这般疼爱我，也被"地主"帽子压得抬不起头来。"奶奶已经死了好多年。她带大的孙女忘不了她。"我抽抽噎噎，念念叨叨，疯疯魔魔。幸好，一向偏爱我的老师，照旧宽容了我。

我哭，还因为少女的敏感多情——命运为什么要这样残忍地捉弄他？！一个"喜欢体育（足球、篮球、田径、爬山）、喜欢到荒野里去看看野兽"的男孩子，"活到最狂妄的年龄上忽地残疾了双腿"，从此再也不能活蹦乱跳了，"无论怎么说，这一招是够损的。我不信有谁能不惊慌，不哭泣"。他脆弱：他不敢去羡慕在花丛树行间漫步的健康人，在小路上打羽毛球的年轻人；他忧伤：脚踩在软软的草地上是什么感觉？想走到哪儿就走到哪儿是什么感觉？踢着路边的石子走是什么感觉？他失望：他曾久久地看着一个身穿病服的老人在草地上踱着方步晒太阳，心想自己只要能这样就行了就够了！

况且，21岁的他，渴望爱情而爱情正光临。"一个满心准备迎接爱情的人，好没影儿地先迎来了残疾"，那时候，爱情于他比任何药物和语言都有效，然而……

"结尾是什么？"

"等待。"

"之后呢？"

"没有之后。"

"或者说，等待的结果呢？"

"等待就是结果。"

他这样写到。他爱得虚幻，我痛得真实。他曾对中学老师 B 老师怀有善良心愿："我甚至暗自希望，学校里最漂亮的那个女老师能嫁给他。"我当时就全是这样一份心思，暗自希望讲台上这个学校里最漂亮的女老师能嫁给史铁生。

残疾、失恋，让史铁生猛然被命运击昏了头，一心以为自己是世上最不幸的人，他孤愤、悲怆、怨恨，甚至长达十年无法理解命运的安排。"活着，还是死去？"这个哈姆雷特式问题，日日夜夜纠缠着他，年轻的他，心灵的痛苦更胜于肉体的痛苦。

"人不惧苦，苦的是找不到生之喜乐。"《圣经》如此教导上帝的子民，给人指点迷津。

好在，这个终日在死亡边缘挣扎的少年，最终没有被痛苦淹没，反而被苦难造就着。通过写作，他找到了生活的出路，找到了精神的征途，找到了生命的尊严，也找到了生之喜乐。

"写作，刚开始就是谋生。"史铁生直言。随着作品的不断发表和连连获奖，他靠意志和思想站了起来，站成一位文学的强者。

"在谋生之外，当然还得有点追求，有点价值感。慢慢地去做些事，于是慢慢地有了活的兴致和价值感"，他如是说，"一个生命的诞生，便是一次对意义的要求"。

人要赋予世界以价值，赋予生命以意义。人要求生存的意义，也就是要求生命的质量。曾经，史铁生写下小说《命若琴弦》，表达盲人对荒诞人生和自身宿命的抗争，以获取生存的价值与意义；在《许三多的循环论证》中，他一如既往对生命意义提出质疑，同时做出解答：没有谁是不想好好活的，却不是人人都能活得好，这为什么？就因为不是谁都能为自己确立一种意义，并"永不放弃"地走向它。

是的。人来到人世时紧握拳头，去世时手却是张开的；人生到最后，位子、票子、房子、车子四大皆空，所有功名利禄，一切荣华富贵，都烟消云散。既然死亡不可避免，爱人终究离去，我们为什么还会全心全意去爱？为什么还要不断创造美好的事物？我想，也许就在于生命的恩赐是珍贵的，爱情是无价的，人类创造的美好是永恒的。所以，尽管"眺望越是美好，越是看见自己的丑弱，越是无边，越看到限制"（史铁生语），我们依然应该尽量去追求理想而不是物质，因为，只有理想才能赋予生命以意义，也只有理想才具恒久的价值。

可是，时间会像沼泽一样，逐渐淹没我们的理想，让我们日益庸庸碌碌；时间也会像沙漏一样，不断过滤着我们的记忆，让我们漠然于逝去的似水流年。而独具慧眼的史铁生，却从一件件往事中，撷取出一个个片段，写可感之事、可念之情、可传之人：寺庙、教堂、幼儿园、老家；佛乐、诵经、钟声；僧人、八子、B老师、庄子、姗姗、二姥姥……像一幅幅精雕细琢的工笔画，徐徐展现在读者眼前，令人神往，引人入胜。这些往事有的温暖有的苦涩，在他笔下怀旧而不感伤，少年的轻狂、青春的绮丽，年轻的梦想、命运的跌宕，历史的沉浮、人间的温情，良知与情义、反思与忏悔，由他一贯纯净优美、纯朴平实、沉静睿智、沉稳有力的语言娓娓道来，有时一尘不染，有时直逼尘世的核心，冲淡悠远，意蕴深长。他曾说，21岁那年"我没死，全靠着友谊"，"那时离死神还远着呢，因为你有那么多好朋友"，那些好朋友，除了经常带书去医院看望他的插队知青，也有八子、庄子、小恒他们这些童年伙伴吧？

心灵的超凡脱俗，使他把目光抬高，俯瞰自己的尘世命运，"这个孩子生而怯懦，禀性愚顽，想必正是他要来这人间的缘由"，残疾是"今生的惩罚与前生的恶迹"；而一个善于反思的人，在面对自己的灵魂时，会黯然神伤："现在想起来，我那天的行为是否有点狡猾？甚至丑恶？那算不算是拉拢，像K（矮小枯瘦的可怕孩子）一样？""几天后奶奶走了。母亲来学校告诉我：奶奶没受什么委屈，平平安安地走了。我松了一口气。但即便在那一刻，我也知道，这一口气是为什么松的。良心，其实什么都明白。不过，明白，未必就能阻止人性的罪恶。多年来，我一直躲避着那罪恶的一刻。但其实，那是永远都躲避不开的。""我也曾这样祈求过神明，在地坛的老墙下，双手合十，满心敬畏（其实是满心功利）……"

读他的作品，你的心灵会异常宁静、开阔、博大、悲悯。

史铁生最负盛名的散文是《我与地坛》。《我与地坛》语言清澈而精雅、清灵而深刻、清癯而丰华，人物丰富生动，文章甫一发表，立刻引起全国读者的注意，被多家选刊转载，被选入高中语文课本，被公认为新中国成立以来最优秀的散文之一；文中最为动人心弦的人物形象是作者的母亲——一个苦难而伟大的女性。关于母亲，史铁生还写下了深受读者喜爱的《秋天的怀念》《合欢树》《第一次盼望》等，尤其《秋天的怀念》，短小的篇幅，精致的文笔，纯粹的意境，写尽了母亲艰难的命运、坚忍的意志和真挚深沉的母爱，以及母子生离死别的苦痛，感人至深，余韵袅袅（曾在课堂上泪流满面的天真少女，已是饱经人生凄风苦雨的妇人，然而，每次重温它，我都会潸然泪下，久久不能释卷，久久难以释怀）。但流传最广的，还是《我与地坛》。一些中学教师和同学说，老师讲解《我与地坛》时，经常是女生哭男生也哭，学生哭老师也哭，以至师生们执手相看泪眼于课堂上。很多年里，很多的人，都是因为读了《我与地坛》而向往地坛，去地坛找寻史铁生的足迹。

我住得离地坛近了，去的次数多了。我知道，史铁生后来住得离地坛远了，他大部分时间在受病痛折磨、与病魔搏斗，有时候，为了把精力攒下来读读书写点东西，他半天不敢动弹。所以，他来地坛少了。但他的心魂还守候在京都这座历经五百年沧桑的古园里。

我去地坛，只为能与他相遇。我记得史铁生说过的话：一进（地坛）园门心便安稳，有一条界线似的，只要一迈过它便有清纯之气扑来，悠远、浑厚。而我一进地坛，就觉得他的气息扑面而来。

二十多年过去了，《我与地坛》没有随着岁月的推移而褪色，直到现在仍有人说，到北京可以不去长城，不去十三陵，但一定要去看一看地坛。这就是《我与地坛》的影响力，这就是文学的生命力。

史铁生的散文为什么这么吸引人？

世界越发展，人类便越渺小，物质越发达，人心就越孱弱；当今社会过于喧嚣浮躁，人的各种欲望空前膨胀，导致不少人心灵贫乏、精神荒芜、信仰没落。在这个物欲横流的时期，在这个急需道德力量的时代，社会需要精神食粮，读者需要文学营养，需要关注灵魂、呼唤良知、震撼心灵、柔化温暖人心的作品，这是当代散文必需的精神归宿，这是时代赋予作家的文学使命。

史铁生写的不是油滑遁世的逸情散文，不是速生速灭的快餐散文，不是自矜自吟的假"士大夫"散文，不是撒娇发嗲的小女人散文，挫折、创痛、悲愤、绝望，固然在其作品中留下了痕迹，但他的作品始终祥和、安静、宽厚，兼具文学力量和人道力量。他用睿智的眼光看世界，内心则保持纯真无邪，正因为他返璞归真的赤子之心，他的作品体现出广博而深远的真、善、美、慧。

一个有着丰饶内心和深刻灵魂的智者，不会沾沾自喜于世俗的得失，史铁生看出了荣誉的羸弱，警惕着声名的腐蚀：

"写作为生是一件被逼无奈的事……居然挣到了一些钱，还有了一点名声。这个愚顽的铁生，从未纯洁到不喜欢这两样东西，况且钱可以供养'沉重的肉身'，名则用以支持住孱弱的虚荣。待他孱弱的心渐渐强壮了些的时候，确实看见了名的荒唐一面……

"美化或出于他人的善意，或出于我的伪装，还可能出于某种文体的积习——中国人喜爱赞歌……我其实未必合适当作家，只不过命运把我弄到这一条（近似的）路上来了……左右苍茫时，总也得有条路走，这路又不能再用腿去蹚，便用笔去找。而这样的找，利于世间一颗最为躁动的心走向宁静……我仅仅算一个写作者吧，与任何'学'都不沾边儿。学，是挺讲究的东西，尤其需要公认。数学、哲学、美学，还有文学，都不是打打闹闹的事。"

我想起了瞿秋白，瞿在《多余的话》中展示的高贵自省、伟大谦卑。

双肾坏死、尿毒症，每隔一天就得去医院透析一次，任谁也难以承受，不过，在 21 岁时挺过了最受煎熬的时光，之后，哪怕面对死亡的威胁，对史铁生来说都不可怕了。曾经，医院的王主任劝慰整天痛不欲生的他："还是看看书吧，你不是爱看书吗？人活一天就不要白活。将来你工作了，忙得一点时间都没有，你会后悔这段时光就让它这么白白地过去了。"后来，医生这样评价他："史铁生是一个意志坚强的人，也是一个智慧与心质优异的人。"几十年风霜雪雨过后，他已经可以坦然面对人世间的一切苦难、灾难、劫难。"我的职业是生病，业余写一点东西"，他笑称，"做透析就像是去上班，有时候也会烦，但我想医生护士天天都要上班，我一周只上三天比他们好多了"。他过五十寿诞时，对作家朋友陈村说："座山雕也是五十岁，就要健康不说长寿了吧。"这幽默令人心酸。但"幽默包含着对人生的理解"，这是他的话。

心灵的成长需要时间，更需要命运的提醒。

《病隙碎笔》就是在透析期间的轮椅上、手术台边写出来的，足足写了四年之久。"生病也是生活体验之一种，甚或算得一项别开生面的游历……生病的经验是一步步懂得满足。发烧了，才知道不发烧的日子多么清爽。咳嗽了，才体会不咳嗽的嗓子多么安详。刚坐上轮椅时，我老想，不能直立行走岂非把人的特点搞丢了？便觉天昏地暗。等到又生出褥疮，一连数日只能歪七扭八地躺着，才看见端坐的日子其实多么晴朗。后来又患'尿毒症'，经常昏昏然不能思想，就更加怀恋起往日时光。终于醒悟：其实每时每刻我们都是幸运的，因为任何灾难的前面都可能再加一个'更'字。"这些感悟，将哲思与个人生命体验交融，使我们看到作者的谦逊感恩、平和坚韧，使我们懂得：幸与不幸，在乎人的感受；少欲少求，保持一颗虔诚的心，一颗感恩的心，一颗祥和的心，人才能获得内心的平静、真正的幸福。

《阿伽门农》中有一句名言："智慧从苦难的经历中得来。"当然，不是所有的苦难都能产生出智慧和德行，举目四望，苦难、清贫、病痛，也造就精神的颓废、道德的沉沦。但是，必须有大痛苦才有大深刻，有大深刻才会有大悲悯，有大悲悯才能有大智慧。智慧的人，懂得通过苦难走向欢乐。对史铁生来说，欢乐当然不是幸运的结果，而是一种德行——英勇的德行。在德行的牵引下，他用喜悦平衡困苦，从而获得了心灵的安妥、生命的自足。"当有人劝我去佛堂烧炷高香，求佛不断送来好运，或许能还给我各项健康时，我总犹豫。便去烧香，也不该有那样的要求，不该以为命运欠了你什么。唯当去求一份智慧，以醒贪迷。"

他的表白，不是伪崇高，没有人格造假，体现的是更高层次上的道德感。

让人欣慰的是，众目仰望的不是权力人物而是思维人物，毕竟，文化与思想的影响力要远远大于权力。史铁生以他的人格精神高度，深深打动着人们的灵魂，无数读者从他的作品中得到慰藉和鼓励，因而对他敬佩、敬重、敬爱、敬仰。有人说他的文字是全人类的精神财富，犹如一盏盏明灯照亮了人们的心灵，让人深刻地审视生命，让人找回自我、本性、灵魂，让人的灵魂得到升华；有人说："您的作品帮助我想明白了生命的很多问题，帮助我度过了人生最迷茫难熬的时光"，网友"崇拜你的同龄人"甚至说"您的作品救过我的命"；有人称他为中国的霍金、中国的奥斯特洛夫斯基，称他是当代最值得尊敬的作家，称他是自己的精神引领者，质问"为什么感动中国没选他？"更有人呼吁："课本和媒体应该多推介史铁生作品以告诉孩子们什么是真、善、美和坚强。"读者说："我们是幸运的，因为能读到他的文字！"读者说："如果站在您面前的话，我真的很想给您鞠一躬。"作家莫言也由衷感叹："我对史铁生满怀敬仰之情，因为他不但是一个杰出的作家，更是一个伟大的人。"

文学没有衰落，更不会死亡，文学的作用，正如沃伦所言："作家不仅受社会的影响，他也要影响社会。艺术不仅重现生活，而且也造就生活。人们可以按照作品中虚构的男女主人公的模式去塑造自己的生活。他们仿效作品中的人物去爱、犯罪和自杀。"

爱情与死亡是文学艺术的永恒主题，也是史铁生永远的人生命题。当年，充满哲学色彩和文学神韵、给读者以无比新奇阅读体验的《务虚笔记》问世，其中的生命思考和心灵独白，是那样地激荡着我，让刚刚开始涉足文学写作的我，不满足于只是惊喜阅读，还废寝忘食地大段大段抄写，那些笔记至今保存完好。

我至今对适逢《务虚笔记》问世时，某省举办的作家读书班上，当地文坛"三剑客"之二"剑"的争论记忆犹新。一个说，史铁生之所以善于思考，是因为他被命运限定在了轮椅上，除了苦思冥想便无事可做，否则他不会如此智慧，不会成为这么优秀的作家，他的残疾，对他来说未必不是幸运。

另一个反唇相讥：你也可以坐在那儿去想啊！你由于行动灵便，就自甘于俗务纠缠，更自堕于欲望滚滚，自己不去沉思，怪谁呢？再说，你去苦思冥想，就一定能产生出思想吗？

而对史铁生来说，哲思不是沙龙里的讨论，它是生与死的搏斗。

他坦言，《务虚笔记》亦可称为《心魂自传》，而且，"一个作家无论写什么，都是在写他自己"。或许有人认为他太过玄虚，有人则说他证明了神性。其实，这是他的必然。黑格尔认为，艺术发展到最后一个阶段，绝对精神就不再满足于用艺术来表现，而走入宗教与哲学的领域。

哲学家把人的生活分作三个层次：物质生活、精神生活、灵魂生活。钟情于灵魂生活的人，不肯做本能的奴隶，不满足于虚幻的声名，必须追究灵魂的来源，追问宇宙的根本，才能满足他的人生欲。"人可以走向天堂，不可以走到天堂"，史铁生说。对一个深刻的灵魂而言，痛苦、磨难甚至是死亡威胁，也不会损毁它对美的向往和追求。史铁生提出真知灼见：在奥运口号"更快、更高、更强"之后，应该再加上"更美"。我们看到，他正一步步走过人生的三个阶段——审美阶段、道德阶段、宗教阶段。

《务虚笔记》问世十年之际，《我的丁一之旅》由人民文学出版社出版。史铁生在书中对爱情、人生、信仰和灵魂石破天惊的追问，令当下一些或写实或虚构、或拘谨或夸张、或精致或粗鄙的情爱小说相形见绌黯然失色。它的出色，评论家何东一言以蔽之："此书堪与《百年孤独》等等国外优秀的名著相比，一本真正的爱情小说。"当时供职于《长篇小说选刊》的我，倾倒于小说情节布局之恢宏之阔大，想象力之瑰丽之天马行空，笔下之汪洋恣肆之从容不迫，语言之千锤百炼之炉火纯青，根本不记得自己要做编校，顾自深深沉浸于幸福阅读的心灵之旅。直到暮色苍茫，终于，我从书里探出头来，对亦师亦友的同事素蓉姐说，我从来不追星，但一直景仰史铁生。那一刻，我眼前浮现出的却是《奶奶的星星》里"赶快下地，穿鞋，逃跑……"还有《老海棠树》里"奶奶把盛好的饭菜举过头顶，我两腿攀紧树丫，一个海底捞月把碗筷接上来"那个聪明、可爱、淘气、顽皮的小男孩。

史铁生获过很多奖，但读者记住他，人们敬仰他，跟形形色色的奖项无关。萨特宣称："我的作品使我永恒，因为它就是我。"这句话可以套用到史铁生身上：他的作品使他永恒，因为它就是他。生命虽短暂，但精神永存，且薪火相传。

（原载《美文》2016 年第 3 期）

14

蝉蜕

◎王安忆

北岛嘱我写顾城，纪念纪念他。一转瞬，顾城已经走了20年。20年的时间，正是从青年到中年，倘若活着，应是向晚的年纪，而如今，留在记忆中的，还是大孩子的形貌。不知道老了的顾城会是什么模样，要是小去20年，却能想得出来。

顾城的父母与我的父母是战友兼文友，尤其是他父亲顾工诗人，常到我家来。"文化大革命"期间，带来他在上海的堂妹，顾城应该称表姑的。巧的是，这一位亲戚与我们姐妹同在安徽一个县份插队落户，那个县名叫五河。后来我离开了，我姐姐则招工在县城，顾家妹妹凡进城都会上我姐姐处休整休整，过年回沪，也要聚，之间的往来一直持续到现在。所以，要这么排，我又可算在顾城的上一辈里去。事实上，这些关系最终都烂在一锅里，结果还是以年龄为准则，又因相近的命运和际遇，与顾城邂逅在 20 世纪 80 年代末。

之前我并未见过顾城，他父亲虽为熟客，双方的儿女却没有参与进大人的社交。我母亲见过顾城，仿佛是在北京，顾工诗人招待母亲去香山还是哪里游玩，顾城也跟着。顾工带了一架照相机，印象中，他喜欢拍照，在那时代拥有一架照相机也是稀罕的。有一回到我们家，进门就嚷嚷着要给我们拍照，不知哪一件事情不遂意，我当场表示拒绝，结果被母亲斥责一顿，硬是照了几张。奇怪的是，尽管出于不情愿，又挨骂，照片上的我竟也笑得很开怀，厚颜得很。顾城出事以后，母亲感慨地想起，那一次出游，父亲让儿子给大家合影，那孩子端着照相机的情形。小身子软软的，踮起脚，极力撑持着从镜头里望出去。那小身子早已经灰飞烟灭不知何乡何野，他的父亲亦一径颓然下去，度着几近闭关的日子。原来是个何等兴致盎然的人啊！做儿女的令人齿寒，全不顾生你养你的血亲之情，一味任性。再有天赋异秉，即投生人间，就当遵从人情之常。贾宝玉去做和尚，还在完成功业之后，并且向父亲三叩谢恩。哪吒如此负气，也要最后喊一声：爹爹，你的身子我还给你！而顾城说走即走，没有一点回顾，天才其实是可怕的。

曾有一回听顾城讲演，是在香港大学吧，他有一个说法引我注意，至今不忘。他说，他常常憎恶自己的身体，觉得累赘，一会儿饿了，一会儿渴了。当时听了觉得有趣，没想到有一日，他真的下手，割去这累赘。不知脱离了身体的他，现在生活得怎样？又在哪一度空间？或者化为另类，在某处刻下如何的一部"石头记"！20年的时间，在大荒山无稽崖青埂峰下，一眨眼都不到，尘世间却是熙来攘往，纷纷扰扰，单是诗歌一界，就有几轮山重水复。我不写诗，也不懂诗，感兴趣的只是人。人和人的不同是多么奇妙，有的人，可将虚实厘清，出入自如，我大约可算作这类；而另一类，却将实有完全投入虚无，信他所要信的，做也做所信的，从这点说，对顾城的责备又渐渐褪去，风轻云淡。他本来就是自己，借《红楼梦》续者高鹗所述，就是来"哄"老祖宗的小孩子，闯进某家门户，东看看，西看看，冷不防拔腿逃出去，再不回头。这一淘气，"哄"走的可是寻常父母的命根子。

我与顾城遇见的记忆有些混淆，总之 1987 年，是 5 月在德国，中国作家协会代表团访德，他单独受德国明斯克诗歌节邀请；还是后几个月秋冬季节的香港，他和妻子谢烨从德国直接过来举办诗歌讲演，我则在沪港交流计划中。不论时间前后，情景却是清晰和生动的。那是他第一次出国，经历颇为笑人，方一下飞机，时空倒错，不免晕头晕脑，踩了人家的脚，对人说"Thank you"，然后，接机的到了，替他搬运行李，他说："Sorry。"其时，顾城在北京无业，谢烨从上海街道厂辞职，就也是无业。80 年代，许多问题，如就业、调动、夫妻两地分居的户籍迁移，都是难以逾越的关隘，一旦去国，便从所有的限制中脱身，麻烦迎刃而解。没有户籍之说，夫妻能够团聚，至于就业，看机会吧，顾城这样新起的诗人，正吸引着西方的眼睛。单是诗歌节、文学周、写作计划、驻校驻市作家项目，就可接起趟来。当年张爱玲移居海外，不就是靠这些计划安下身来，站住脚跟，再从长计议。不仅生计有许多出路，身份地位也有大改观。所以，看得出来，顾城谢烨既已出来，就不像打算回去的样子了。

就在旅途中，谢烨怀孕了。

谢烨长得端正大方，因为即将要做母亲，就有一种丰饶、慵懒的安宁和欣悦，地母的人间相大约就是像她。有一回我们同在洗手间，聊了一会儿，像洗手间这样私密的空间，人与人自然会生出亲切的心情。她在镜前梳头发，将长发编成一条长辫，环着头顶，盘成花冠。这个发式伴随她一生，短促的一生。这发式让她看起来不同寻常，既不新潮，又远不是陈旧，而是别致。我问她原籍什么地方，她听懂我的问题，一边编辫子，一边说：反正，南方人也不认我，北方人也不认我——这话说得很有意思，她真是一个无人认领的小姑娘，就是她自己，跟了陌生的人走进陌生的生活。那时候，一切刚刚开始，不知道怎样的危险在前面等待，年纪轻轻，憧憬无限。

生活突然间敞开了，什么都可以试一试，试不成再来。具体到每一人每一事，且又是漂泊不定。在香港，正逢邓友梅叔叔时任中国作家协会外联部主任，率代表团访港，汪曾祺汪老从美国爱荷华写作计划经港回国，还有访学的许子东、开会的吴亮、顾城夫妇、我，全中途加盟，纳入代表团成员，参加活动。倘没有记错，代表团的任务是为刚成立的中国作协基金会化缘，接触面很广泛，政界商界、左派右派、官方私交，我们这边的作家色彩越丰富越好，也是时代开放，颇有海纳百川的气势。团长很慷慨地给我们这些临时团员发放零用钱，虽然不多，可那时外汇紧张，大家的口袋都很瘪，自然非常欢迎。在我们，不过是些闲资，用来玩耍，于顾城却有生计之补。不是亲眼看见，而是听朋友描绘，顾城向团长请求：再给一点吧！好像纠缠大人的小孩子。

一直保留一张夜游天平山的照片，闪光灯照亮人们的脸，背景却模糊了，绰约几点灯火，倒是显出香港的蛮荒，从大家吹乱的头发里，看见狂劲的风和兴奋的心情。顾城戴着他那顶牧羊人的帽子，烟囱似的，很可能是从穿旧的牛仔裤裁下的一截裤腿，从此成为他的标志。帽子底下的脸，当然不会是母亲印象中，小身子很软的男孩，而是长大的，还将继续长大，可是终于没有长老，在长老之前，就被他自己叫停了，此时正在中途，经历着和积累着生活的，一张脸！如果不发生后来的事情，就什么预兆没有，可是现在，布满了预兆。仿佛彼得·潘，又仿佛《铁皮鼓》里的那个不愿意长大的孩子。到处都是，而且从古至今，几乎是一种普遍的愿望，极早知道人世的艰困，拒绝进入。生存本就是一桩为难事，明明知道不可躲避终结，一日一日逼近，快也不好，慢呢？谁又想阻滞而不取进，所以也不好；没希望不行，有希望又能希望什么？暂且不说这与生俱来的虚无，就是眼前手边的现实，如我们这一代人身陷的种种分裂和变局，已足够让人不知所措——顾城选择去国，是为从现实中抽离，岂不知抽离出具体的处境，却置身在一个全局性意义的茫然中，无论何种背景身份都脱逃不出的。抽离出个体的遭际，与大茫然裸身相向，甚至更加不堪。从某种程度说，现实是困局，也是掩体，它多少遮蔽了虚无的深渊。我想，顾城他其实早已窥视玄机，那就是"黑夜给了我黑色的眼睛，我却用它寻找光明"。他睁着一双黑眼睛，东走走，西走走。有时在酒店，有时在大学宿舍楼，有时在计划项目提供的公寓，还有时寄居在朋友家中……在一个诗人忧郁的感受里，这动荡生活本身的和隐喻着的，必将得到两种方式的处理，一种是现实的，另一种是意境的，这两者之间的关系如何平衡？抑或停留在心理上，终至安全；抑或滚雪球似的，越滚越大，不幸而挑战命运。

后来，听说他们定居在新西兰的激流岛上。这一个落脚之地，倘不是以那样惨烈的事故为结局，将会是美丽的童话，特别适合一个戴着牧羊人帽子的黑眼睛的彼得·潘，可童话中途夭折，令人扼腕，同时又觉得天注定，事情在开始的时候就潜藏危机。这个岛屿不知怎么，让我总觉得有一些不自然，似乎并非从实际需要出发，更像出于刻意，刻意制造一种人生，准确地说，是一种模型。所以，不免带有虚拟的性质，沙上城堡怎么抵得住坚硬的生活。

　　1992年初夏，我到柏林文学社作讲演，顾城和谢烨正在柏林"作家之家"一年期的计划里，那几日去荷兰鹿特丹参加诗歌节，回来的当晚，由一群大陆留学生带路到我住处玩。房间没有多余的椅子，大家便席地坐成一个圈，好像小朋友做游戏，气氛很轻松。当问起他们在激流岛上的情形，我深记得谢烨一句话，她说：在现代社会企图过原始的生活，是很奢侈的！从天命的观念看，谢烨就是造物赠给顾城的一份礼物，那么美好、聪慧，足以抗衡的想象力，还有超人的意志恒心。对付天才，也是需要天分的。可这个不肯长大的孩子，任性到我的就是我的，宁愿毁掉也不能让，就这么，将谢烨带走了。许多诗人，过去有，现在有，将来还有，都落入顾城的结局，简直可说是哲学的窠臼，唯有这一个，还饶上一个，这就有些离开本意，无论是旧论还是新说，都不在诗歌的共和精神，而是强权和暴力。然而，我终究不忍想顾城想得太坏，我宁可以为这是蛮横的耍性子，只不过，这一回耍大发了，走得太远，背叛了初衷。

回到那一晚上，谢烨说出那句深明事理的话，却并不意味着她反对选择激流岛。倘若我们提出一点质疑，比如关于他们的儿子木耳，顾城有意将其隔绝于文明世界，后来，也可能就在当时已经证明，只是不愿承认，这不过是一种概念化的理想，完全可能止步于实践——讨论中，谢烨是站到顾城的立场，旗帜相当鲜明。于是，又让人觉得，虽然谢烨认识到做起来困难，但同时也有成就感，为他们在岛上的生活骄傲。

当事人均不在场了，我们必须慎重对待每一点细节。所有的细节都是凌乱破碎的片段，在反复转述中组织成各式版本，越来越接近八卦，真相先是在喧哗，后在寂寞中淡薄下去。也许事情很简单，最明智的办法是不作推测，也不下判断，保持对亡者的尊敬。那个让顾城感到累赘的身子早已摆脱，谢烨也是属这累赘的身子里面物质的一种吗？长期的共同生活，也许真会混淆边界，分不清你我。这累赘脱去，仿佛蝉蜕，生命的外壳，唯一可证明曾经有过呼吸。那透明、薄脆、纤巧，仔细看就看出排序有致的纹理，有些像诗呢，顾城的诗，没有坠人地活着，如此轻盈，吹一口气，就能飞上天。

还是在那个柏林的初夏，我去"作家之家"找顾城和谢烨。说实话，他们的故事迷住了我，那时候我也年轻，也感到现实的累赘，只是没有魄力和能耐抽身，还因为——这才是决定因素，将我们与他们分为两类物种，那就是常态性的欲望，因此，无论他们的故事如何吸引，我们也只是隔岸观火。香港明报月刊约我撰稿人物特写，我想好了，就写顾城，后来文章的名字就叫《岛上的顾城》。我至今也没有去过那个岛，所有的认识都来自传说，即便是顾城自己的讲述，如今不也变成传说之一？我沿着大街拐入小街，无论大街小街，全是鲜花盛开，阳光明媚。电车铛铛驶过，我那问路的夫人建议搭乘两站电车，可我宁愿走路。走在远离家乡的美景里，有种恍惚，仿佛走在奇迹里，不可思议，且又得意。若多年以后，我再来到柏林，不知季候原因，还是年岁使心境改变，这城市褪色得厉害，它甚至是灰暗的。

我已经在那篇《岛上的顾城》中细述造访的情形，有一个细节我没写，当我坐下，与顾城聊天，谢烨随即取出一架小录音机，揿下按键，于是，谈话变得正式起来。事实上，即便闲聊，顾城的说话也分外清晰而有条理，他很善表述，而且，也能够享受其中的乐趣。多年来，想起顾城，常常会受一个悖论困扰，言语这一项身体的官能在不在累赘之列呢？我指的不是诗的语言，而是日常的传达所用，在诗之外，顾城运用语言的能力，以我所见也在他同辈的诗人之上。现在，谢烨揿下了录音键，顾城想来是习惯的，他说出的每一个字都不至遗漏，而被珍惜地收藏起来。过程中，谢烨有时会插言，提醒和补充——假如没有后来的事情，多么美好啊！但也终究不成其为故事，一日一日，一夜一夜，再瑰丽，再神奇，再特立独行，也将渐趋平淡，归于生活。就在他们讲述的时下，柏林之家的公寓里，不正进入着常态——一年计划的资助可以提供岛上房屋的用电之需。有时候，人心难免有阴暗的一面，会生出一个念头，我差一点、差一点点怀疑，顾城是不是有意要给一个惊心动魄的结局，完成传奇。这念头一露头立即打消，太轻薄了，简直有卑鄙之嫌，谁会拿自己的，还有爱人的生命作代价？当你活着，有什么比活着更重要，这里面一定有着严肃深重的痛苦，只是我们不知道，知道的只是光辉奇幻的表面——太阳不是从东边而是从西边升起，再从东边落下；碗大的果实落了满地；毛利人；篮子里的鸡蛋；树林里的木房子，补上窟窿，拉来电线，于是从原始步入文明，再怎么着？

回到野蛮，借用谢烨的说法，"奢侈"地回到野蛮！事情早已经超出了当事人的控制，按照自己的逻辑向下走……我们还是让他们安息，保持着永不为人知的哲思。用火辣辣的生命去实践的故事，或者说童话，不是哲思是什么！

有许多征兆，证明童话已经建构起来，顾城讲述得流利婉转，谢烨不断补充的细枝末节，各方汇拢来的信息基本一致，又有朋友去激流岛探望，亲眼目睹……就让我们相信它吧！即使在生活中不可能将童话进行到底，至少在想象里，尤其是，童话的主人公都去了天国，领得现实的豁免权。

那天，谢烨交给我两件东西，我一直保存着，谁能想到会成为遗物呢！一件是50元一张人民币，在1992年的时候，发行不久，价值也不菲。她托我在国内买书寄她，无论什么书，只要我觉得有价值。我说不必给钱，她一定要给，两人推让几个来回，最终还是服从了她。另一件是一份短篇小说稿，手抄在32开的格子稿纸上，这是一种不常见的稿纸，大小像连环画。字迹非常端正，可见出写字人的耐心，耐心背后是冗长的宁静以至于沉闷的时日，是那日头从东方升起往西方行度去然后落下的时光吗？因为是复印稿，我相信已经发表过，依稀仿佛也在哪里看见，谢烨只是让我读读她写的小说。那时候，谢烨开始尝试写作小说，以前，她写的是诗，也是一个诗人。因为是顾城的妻子，就算不上诗人似的。

他们的故事里，有一个情节我没写，但相信一定有人写过，就是他们邂逅的经过。在北上的火车的硬座车厢，顾城是坐票，谢烨是站票，正好站在顾城身边，看他画速写消磨漫长的旅途。顾城是善画的，从星星画派中脱胎的朦胧诗人，都有美术的背景，在激流岛上，有一度以画像赚取一些家用。就在那天，顾城也向我出示画作，不是素描和写生一类，而是抽象的线条，但都有具体标题，"这是谢烨，这是木耳，这是我"，他说。完全脱离了具象的线条，有些令人生畏呢，可不等到水落石出，谁能预先知道什么？火车上，顾城画了一路，谢烨就看了一路，这还不足以让谢烨产生好奇心，令她忍俊不禁的是最后，画完了，顾城忘了将钢笔戴上笔帽，直接插进白衬衣前襟的口袋，于是，墨水洇开来，越来越大。这一个墨水渍带有隐喻性，我说过，他们的事，都是隐喻！墨水就这么洇开，一个小小的，小得不能再小，好比乐句里的动机音符，壮大起来，最后震耳欲聋，童话不就是这么开始的吗？谢烨就此与顾城搭上话，并且，第二天就按照互留的地址去找顾城。火车上偶遇互留通信地址是常有的事，可大约只有谢烨会真的去寻找，真是好奇害死猫！这是怎样的一种性格，不放过偶然性，然后进入一生的必然。这才是诗呢，不是用笔在纸上践约，而是身体力行，向诗歌兑现诺言。那一些些诗句的字音，不过是蝉翼振动，搅起气流战栗。当谢烨决定写小说的时候，也许，就意味着诗行将结束。小说虽然也是虚拟，但却是世俗的性格，它有着具象的外形。不是说诗歌与生活完全无干系，特别是朦胧诗这一派，更无法与现实划清界限，但总而言之，诗是现实世界的变体，不像小说，是显学。

关于他俩的文字太多了，有多少文字就有多少误解包括我的在内。写得越多，误入歧途越远。我还是要庆幸事情发生在20年前，倘若今天，传媒的空间不知繁殖多少倍，已经超过实际所有，实有的远不够填充容量，必须派生再派生。活着的人都能被掩埋，莫说死去的，不能再发声，没法解释，没法辩诬。我们只能信任时间，时间一定能揭开真相，可什么是真相呢？也许事情根本没有真相，要有就是当事人自述的那个，时间至少能够稀释外界的喧哗，使空气平静下来，然后将人和事都纳入永恒，与一切尖锐的抵制和解。好比艾米莉·勃朗特《呼啸山庄》最后的段落，听故事和讲故事的那个人，走过山坡，寻找卡瑟琳和希克历的坟墓石楠花和钓钟柳底下的人终将安静下来。小说中还有第三个坟墓，在我们的故事里只有两个，我坚信两个人的事实。无论怎样猜测，两个人就是两个人。两个人的童话，其他都是枝节，有和无，结果都一样。我还想起巴黎南郊蒙帕纳斯公墓，沙特和西蒙·波瓦并列的棺椁，思想实验结束了，为之所经历的折磨也结束了，结果是成是败另说，总之，他们想过了，做过了，安息下来。墓冢就像时间推挤起的块垒，终于也会有一天，平复于大地。谬误渐渐汇入精神的涧溪，或入大海，或入江河，或打个旋，重回谬误，再出发，就也不是原先那一个了。

20 年过去，还有些零散的传说，已经是前朝遗韵，我从中拾起两则，将其拼接。一则是听去过的人说，那激流岛其实并不如想象中的蛮荒与隔世，相反，还很热闹，是一个旅游胜地，观光客络绎不绝；第二则说，顾城谢烨的木房子无人居住，由于人迹罕至，周边的树林越长越密。听起来，那木房子就成了个小虫子，被植物吞噬，顾城不是写过那样的句子："我们写东西，像虫子，在松果里找路"，对，就是吃虫子的松果。这样，童话就有了结尾。

在北岛终于安顿下来的香港的家中，壁上有一幅字，应该是篆体吧，写的是"鱼乐"两个字。北岛让我猜是谁的字，我猜不出，他说：顾城！想不到那软软的小身子，永远不愿长大的小身子，能写下力透纸背，金石般的笔画，一点不像他，可就是他。人们都将他想得过于纤细，近乎孱弱，事实却未必。他蜕下的那个蝉衣，也许还是一重甲，透明的表面底下，质地是坚硬的，坚硬到可以粉碎肉身。

（原载《今天》2013 年第 12 期）

敬　告

　　由于编选时间仓促、工作量大，未能及时与所选作者一一取得联系，请见谅。

　　现仍有部分作者地址不详，为及时奉上稿酬和样书，请有关作者与编辑段琼、赵维宁联系。

E-mail：249972579@qq.com；1184139013@qq.com

微信号：Youyouyu1123；zhaoweining10

辽宁人民出版社

2023 年 1 月